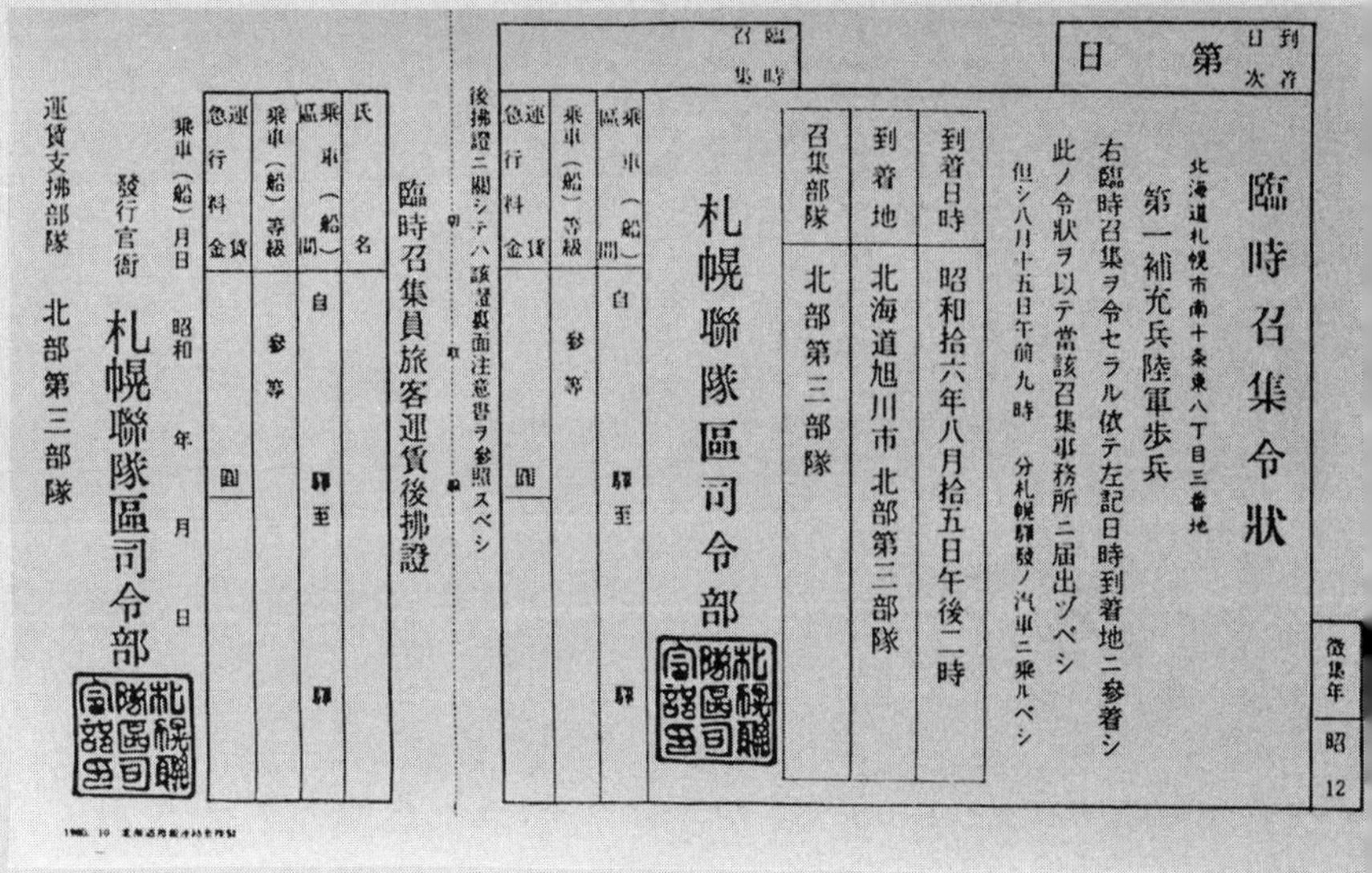
到着日次 第 日

臨時召集令狀

北海道札幌市南十条東八丁目三番地

第一補充兵陸軍歩兵

右臨時召集ヲ令セラル依テ左記日時到着地ニ參着シ
此ノ令狀ヲ以テ當該召集事務所ニ届出ヅベシ
但シ八月十五日午前九時　分札幌驛發ノ汽車ニ乗ルベシ

到着日時	昭和拾六年八月拾五日午後二時
到着地	北海道旭川市 北部第三部隊
召集部隊	北部第三部隊

札幌聯隊區司令部

徴集年 昭12

臨時召集

乗車（船）區間	自　驛 至　驛
乗車（船）等級	參等
運賃 急行料金	圓

後拂證ニ關シテハ該證裏面注意書ヲ參照スベシ

切取線

臨時召集員旅客運賃後拂證

氏名	
乗車（船）區間	自　驛 至　驛
乗車（船）等級	參等
運賃 急行料金	圓

乗車（船）月日　昭和　年　月　日

發行官衙　札幌聯隊區司令部

運賃支拂部隊　北部第三部隊

非国民文学論

田中綾
Tanaka Aya

青弓社

非国民文学論　目次

第2部　〈歌聖〉と〈女こども〉

装丁――Malpu Design［清水良洋］

凡例

・年号表記は基本的には西暦を使い、敗戦の一九四五年（昭和二十年）八月までは西暦に括弧内で和暦を併記した。それ以降は西暦を用いた。

・時代性を重視するため、「支那」「癩」など、当時の呼称を用いた。

・引用作品と引用文中の旧漢字は、基本的に当用漢字や常用漢字に改めた。

まえがき

本書は二部立てで、第1部「非国民文学論」には「非国民文学論」全五章を、第2部「〈歌聖〉と〈女こども〉」には二章の論考を所収した。いずれも、逆説《パラドクシカル》的な日本の近代成立過程と、その国民国家観を考察する試論である。

第1部の「非国民文学論」では、日本の〈国民〉という概念自体が近代日本の成立過程で登場したものであることを前提に、昭和の戦時下―戦後を検証しようと試みる。

「非国民」という呼称は、常に〈他称〉として存在してきた。その、〈他称〉としてでしかありえない「非国民」の概念を、身体性と精神性の双方から考察するため、序章と第1章、第2章では、「国立療養所」としてのハンセン病療養所に着目する。「国立」であることと、「非国民」という〈他称〉の関係性を、ここで確かめるためである。

第1章「〈国民〉を照射する生――ハンセン病療養者」では、戦時下には身体的に「非国民」とされた療養者が、精神的には総力戦を見守る〈国民〉の立場にもあったことを示す逆説《パラドクシカル》的な短歌を紹介する。

第2章「〈幻視〉という生――明石海人」では、ハンセン病療養者の歌集としてベストセラーになった明石海人の『白描《はくびょう》』(1)を評釈する。リアリティーあふれる闘病詠が高く評価されたが、明石海人の内面は、むしろアンチリアリズム志向だった。その逆説的《パラドクシカル》な作品を、二・二六事件歌もあわせて例証する。

第3章「〈漂流〉という生――『詩集 三人』と『笹まくら』」では、金子光晴の家族詩集と丸谷才一の小説『笹まくら』(2)を素材に、戦時下に「徴兵忌避」を選んで身体的自由を得ようとした男性が、戦中も戦後も定住がかなわず、むしろ身体的不自由を負うことになったという逆説的《パラドクシカル》な展開を解説する。

第2部第1章「明治天皇御製をめぐる一九四〇年前後(昭和十年代)」では、明治天皇の和歌の担当部署だった「御歌所」所員による歌の解釈と、一九四〇年前後(昭和十年代)の文部省の解釈との齟齬を対象にする。私的な和歌の公開に積極的ではなかった明治天皇・睦仁と、その和歌＝「御《ぎょ》製《せい》」こそを国民との紐帯とみなそうとした昭和の文部省側との、矛盾する態度の一部を検証する。

次の第2章「仕遂げて死なむ――金子文子と石川啄木」では、そもそも戸籍がない「非国民」的な境遇に育った金子文子が、参政権がない女こども、また、強制的に国民化された植民地の人々の存在を、〈国民〉と称される〈観客〉らに知らしめる「仕事」を仕遂げようとしたということについて短く述べる。

第1部・第2部とも、当時の思潮を考えるうえで一九三七年(昭和十二年)刊行の文部省編纂『国体の本義』(3)を視野に入れていて、かつその傍らに、高野邦夫『天皇制国家の教育論』(4)を置いている。

本書は近代教育史を文学作品の評釈を通して考察できないかという試みだが、一九三七年、三八年(昭和十二年、十三年)ごろが、もしかすると近代日本の知の最盛期だったのかもしれない——という感想も抱いている。というのも、『国体の本義』の続篇にあたる『臣民の道』(5)にいたっては、用語も、立論への熱意も形骸化していて、空疎な言説空間だけが漂っているからである。

私たちは、その、もろくも瓦解してしまった知の残骸こそを起点として、GHQ(連合国軍総司令部)による占領期を経た現在の日本の国体と国民を考えつづけなくてはならない、とあらためて感じている。

注

(1)明石海人『白描』改造社、一九三九年

(2)丸谷才一『笹まくら』(河出・書き下ろし長篇小説叢書)、河出書房新社、一九六六年

(3)文部省編『国体の本義』、文部省、一九三七年

(4)高野邦夫『天皇制国家の教育論——教学刷新評議会の研究』あずみの書房、一九八九年。実際に参

照したものは同『新版　天皇制国家の教育論——教学刷新評議会の研究』（芙蓉書房出版、二〇〇六年）。

（5）文部省教学局編『臣民の道』文部省教学局、一九四一年

第1部　非国民文学論

序章　いのちの回復

はじめに

大量死の時代＝戦争の時代の生

　高校生のころだろうか、ある文庫本の解説のなかに「大量生の時代」という言葉があり、目に留まった。戦後である現代は大量生の時代である、という。なんて非人間的な言葉なのだろう、と一瞬は感じたが、文脈をたどってみると、それはかつての大量死の時代＝戦争の時代を生き抜いた人が、「大量死」の時代を生きることの困難さと、「大量生」の時代を生きることの困難さは、実は同等でもあると述べていたものだった。

　大量死の時代を生ききるということと、「大量生」の時代を生ききるということ。そのどちらにも、同じくらいの困難がある――漠然とではあったが、そのころから、私が知りえなかった大量死の時代＝戦争の時代の生に、関心を抱くようになった。なかでも、戦争の時代にあって、多数側の人々と言葉を共有できず、生きづらさを感じていた人々の生に思いが及ぶようになったのである。

大量死の時代＝戦争の時代は、〈国民〉の時代と言い換えることもできるだろう。一九三七年（昭和十二年）には文部省が『国体の本義』を刊行し、三八年（昭和十三年）には国家総動員法が施行された。翌三九年（昭和十四年）には国民徴用令も公布され、国家は、人々に〈国民〉としての生を求めるようになっていった。そのような時代に生きづらさを感じていた人々とは、〈非国民〉と他称された少数の人々だった。

非国民という言葉が文学作品に登場したのは日清戦争後であり、一例に一八九七年（明治三十年）、広津柳浪が「文芸倶楽部」一月号に発表した小説「非国民」がある。やはり、戦争と関わりが深い言葉だったのである。

徴兵検査〈丙種〉の作家たち

第1部では主に一九四〇年前後（昭和十年代）、支那事変から大東亜戦争下の文学テクストを扱う。四〇年前後（昭和十年代）には、非国民という言葉は、もっぱら戦争に協力的ではないと見られた人々に向けられていた。

当初、この「非国民文学論」として構想していたのは、徴兵検査で〈丙種〉合格となった作家たちの生についての研究だった。男子が二十歳で受ける徴兵検査で、壮丁は甲・乙・丙・丁《てい》・戊《ぼ》の各種に区分された。〈丙種〉は、甲種・乙種に次ぐ「合格」ではあるが、甲種・乙種が現役または補充兵として兵役につくのに対し、〈丙種〉は召集の対象とはならない第二国民兵[1]の立場にあった。一九四〇年前後（昭和十年代）、第二国民兵は成年男子十人のうち二、三人であり、少数の側にあった。

太宰治も〈丙種〉の一人で、支那事変の戦況が厳しくなるなか、「劣等」感と「愛国」との関係を次のように書き残していた。

> 私は丙種である。劣等の体格を持って生れた。（略）劣等なのは、体格だけでは無い。精神が薄弱である。だめなのである。（略）誰にも負けぬくらいに祖国を、こっそり愛しているらしいのだが、私には何も言えない。（略）一片の愛国の詩も書けぬ。なんにも書けぬ。ある日、思いを込めて吐いた言葉は、なんたるぶざま、「死のう！　バンザイ。」
>
> ［太宰治「鷗」「知性」一九四〇年一月号、河出書房］

当時、太宰治は三十一歳であり、同年齢の男性の大多数が兵役についていた。前線に立っている人々にも負けないくらいに国を愛してはいるが「一片の愛国の詩も書けぬ」という作家は、非国民的であるのか、あるいはそうではないのか——そのようなことを、ほかの〈丙種〉の作家たちの作品ともあわせ、関心をもって読み進めた。

〈兵役の義務を拒まれた〉ハンセン病療養者と、〈兵役を拒否した〉徴兵忌避者

しかし、徴兵検査の歴史を追う過程で、徴兵検査を受けることさえ拒まれた人々の存在が、より大きく迫ってきた。「帝国臣民タル男子」の義務＝兵役につくことを拒まれ、あるいは免除された人々のなかでも、当時まだ完治への化学療法が確立していなかったハンセン病の療養者に目が留まったのである。

一九二七年(昭和二年)四月の兵役法公布以降、国家による〈国民〉の健康と体力の管理は、軍事とより密接に結び付くようになった。「健康報国」という標語が登場し、兵役につくことが愛国の行為と見なされるなか、ハンセン病の罹患を宣告された男性は、徴兵検査会場に行くことさえ拒まれた。けれどもハンセン病療養者のうちの数人は、少数者が最も生きづらかった戦時下に、日本「国民」から作家・歌人として注目を集めていた。その逆説性こそ考察すべきと感じたのである。

そのうえで、兵役から排除されたハンセン病療養者に、兵役を拒否した徴兵忌避者の生を対置させることも不可避と感じた。「帝国臣民タル男子」の義務を拒み、自由を選択することは、同時に身体的・精神的にさまざまな不自由を引き受けることでもあった。徴兵忌避者の生は、抵抗という一面的な言葉だけでは到底語ることはできない。抵抗という言葉で片づけてしまうには、あまりに複雑で逆説をはらむ存在であり、かつ、彼らもまた、少数の側にあったのである。

ハンセン病療養者と徴兵忌避者――圧倒的多数である〈国民〉に対する彼ら少数者の存在を文学の課題として見ていきたい、というのが第1部のモチーフである。

1　「絶望」を超えて――〈書く〉ことによるいのちの回復

「絶望する能力をもつ」ということ

一九三六年（昭和十一年）、「文学界」二月号（文藝春秋社）に北條民雄の「いのちの初夜」が掲載された。この作品に描かれた空間は、三十三万平方メートル（約十万坪）という広大で一般社会からは閉ざされたハンセン病療養所である。檜や欅の枝が風に揺れるその療養所に、「尾田」という青年が一人、トランクを提げて徒歩で向かっていた。彼が黙々と歩きながら思うのは、自死であり生であり、再び自死であり、そして、発病を宣告された日のことであった。

当時、日本ではハンセン病を治す化学療法は確立していなかった。発病の宣告はほぼ死の宣告と同じであり、失明とくずれゆく肉体への恐れは、若い尾田には容易に受け入れられないものだった。「生を完《まっと》う」するために療養所まで来たのだが、どのようにしても自死への衝動を消し去ることができない。尾田のそのような心を、同じ入所者であり付添人でもある「佐柄木」は静かに察した。佐柄木は、決して慰めようとはせず、さりげなく導くように尾田に声をかけた。その夜も、洗い終えた義眼を眼窩にはめ込みながら、佐柄木は淡々と語っていた。

「尾田さん、僕には、あなたの気持がよく解る気がします。昼間お話ししましたが、僕がここへ来たのは五年前です。五年前のその時の僕の気持を、いや、それ以上の苦悩を、あなたは今味っていられるのです。ほんとにあなたの気持、よく解ります。でも、尾田さん、きっと生きられますよ。きっと生きる道はありますよ。どこまで行っても人生にはきっと抜路があると思うのです。もっともっと自己に対して、自らの生命に対して謙虚になりましょう。」

意外なことを言い出したので、尾田はびっくりして佐柄木の顔を見上げた。半分潰れかかって、それがまたかたまったような佐柄木の顔は、話に力を入れるとひっつったように痙攣して、仄暗い電光を受けて一層凹凸がひどく見えた。佐柄木は暫く何ごとか深く考え耽っていたが、

「兎に角、癩病に成り切ることが何より大切だと思います。」

と言った。

［北條民雄「いのちの初夜」三四ページ(2)］

「きっと生きる道はありますよ」――そう佐柄木が口にしたのは、尾田が院内の暗い雑木林に分け入り、栗の木に帯をかけて自死しようとしたのを見ていたからだった。五年前の佐柄木自身がはまりこんでいた絶望の淵に、いまの尾田はいる。生と死の間を逡巡するばかりの尾田に、佐柄木は

「癩病に成り切る」ことの大切さを伝えた。その言葉が指すところは、まだ尾田にはわからない。尾田の心の動きを見通すかのように、佐柄木はこうも語った。

「(略) 僕思うんですが、意志の大いさは絶望の大いさに正比する、とね。意志のない者に絶望などあろう筈がないじゃありませんか。生きる意志こそ源泉だと常に思っているのです。」
(三三ページ)

この佐柄木の言葉は、詩人・石原吉郎の絶望の認識にもつながっている。

絶望しやすい人間と、容易に絶望しない人間があるというのはどういうことか。僕は、自己への関心の強さが、その人間の絶望への勾配を決定するのだと思う。(略) 人間は絶望することのできる唯一の動物であるといったキェルケゴールは正しい。人間は自己に対して関心をもちうる唯一の動物だからである。絶望しやすいということを恥じてはならない。しかし同時に、絶望する能力をもつということは、いかにしても救いえない人間の暗さを示すものではないだろうか。(一九六〇・九・九)

[石原吉郎「一九五九年から一九六二年までのノートから(3)」]

「絶望する能力をもつ」ということの沓とした重みは、自己のいのちに真摯に関心を抱く人だけが知りうるものだろう。

石原吉郎は、北條民雄よりも一歳年少であり、「いのちの初夜」を初出の掲載誌で読んでいた。一九三六年（昭和十一年）、「戦争前夜の不気味な真空状態のなかで、すべての座標を失いはじめていた」石原は、「ただ茫然と彼の作品の前に立ちつくく」したのだった。そして三八年（昭和十三年）には、発売されたばかりの『北條民雄全集』上下二巻を購い、下巻に収録された日記を息をのみながら読み進めた。同じころに書いた自分の日記と照らし合わせたとき、石原は自分の日常の単調さ、「たいくつきわまる記述の連続」に愕然としたという。石原は、そのときはじめて「日常の時間のなかの絶望的な落差」(4)を悟ったのだった。

一九三九年（昭和十四年）に応召した石原は、戦地の書店で偶然にも『いのちの初夜』に再会し、むさぼるように読み返した。そして戦後、石原は酷寒のシベリアで八年もの強制収容所生活を経験することになった。日常とのまさに「絶望的な落差」を隔てた八年間を生き抜いた石原は、抑留のなかで「絶望する能力をもつ」人間の、救いえない「暗さ」を身をもって体験せざるをえなかった。それは、絶望する能力をもち、暗く沈んだところから新しいいのちを回復させようとする北條民雄の低い声にも重なるものである。

「癩者に成り切る」という「復活」の方法

「いのちの初夜」で尾田は、戸惑いながらも少しずつ佐柄木の言葉に導かれていった。二人が寝起きする病室には、何人もの重傷者の姿があった。神経の痛みに泣きじゃくりながら夜を明かす人、玩具のような義足を横に寝息を立てる人、頭も手足も包帯でぐるぐる巻きにされ、陰毛さえも散り果てた人――その横で、佐柄木は静かに問うた。

「尾田さん、あなたは、あの人達を人間だと思いますか」

黙り込む尾田に、佐柄木はこう続けた。

「人間ではありませんよ。生命です。生命そのもの、いのちそのものなんです。僕の言うこと、解ってくれますか、尾田さん。あの人達の『人間』はもう死んで亡びてしまったんです。ただ、生命だけが、ぴくぴくと生きているのです。（略）けれど、尾田さん、僕達は不死鳥です。新しい思想、新しい眼を持つ時、全然癩者の生活を獲得する時、再び人間として生き復るのです。復活、そう復活です。」

（四七ページ）

平野謙は、「いのちの初夜」の「復活」そして「癩者に成り切る」について、次のように読み取っていた。

一度死んだ過去の人間を葬りさつてはじめて癩者の眼を獲得することができる。ここにはじめて「癩者の復活」は完了され、「いのちの理論」は生誕する。わが宿命に徹底的に敗れさることによつて、かへつてそれを一個の特権にまで逆用することができるのだ。しかし、それがいかに絶望的な困難を孕んでゐることか。北條氏の雋敏《しゅんびん》な感受性は私どもの想像も許さぬその困難を過不足なく予想してゐる。

〔平野謙『現代作家論』[5]〕

「絶望的な困難」をうちに深く抱えながら、それを「逆用」して新たないのちを回復していくこと。それが「癩者に成り切る」という「復活」の方法なのだろう。それは、作者である北條民雄にとっては、「北條民雄」という表現者の生を生きること、つまり、作家になりきることでもあった。「北條民雄」という作家の生を生きる前、二十一歳の青年にはまだ迷いが残っていた。どのようにしても、自死へと引かれる心を捨て去ることができなかったのである。日記にも、「病気の話には定って自殺の話がつきまとう。この病院にいる千二三百の患者のうち、自殺を考えなかった者が幾人いるだろうか。まだ十歳に満たぬ子供ですら死を考えているのである[6]」と書きつけ、事実、彼も何回か自殺を試みていた。その青年の生を作家としての生に導き、絶えず手を添えていたのが川端康成だった。

川端康成の慧眼

一九三五年（昭和十年）、のちに「北條民雄」になる青年は全生病院（現・国立療養所多磨全生園）内で短篇小説「間木《まき》老人」を脱稿した。日露戦争で戦った元陸軍大尉が発病し、羞恥と誇りとの間を行き来しながらついに自死を選ぶという内容であり、感傷に陥らないその筆致に、川端康成は才能を見いだした。「文学界」一九三五年（昭和十年）十一月号（文藝春秋社）をその作品の発表の場とし、未知の青年の筆名に心を配ったのも川端だった。「先ずドストエフスキイ、トルストイ、ゲエテなど読み、文壇小説は読まぬこと」[7]と川端康成から書簡を通して作家としての指針も与えられていたが、青年にはまだ、表現者としての生を選ぶことに迷いがあった。

しかし、「いのちの初夜」の第一稿を書きはじめたとき、彼のなかに覚悟が芽生えた。

この病院へ入院しました、最初の一日を取扱ったのです。（略）一度は入院当時の気持に戻って見なければ、再び立ち上る道が摑めなかったのです。先生の前で申しにくいように思いますけれど、僕には、何よりも、生きるか死ぬか、この問題が大切だったのです。文学するよりも根本問題だったのです。生きる態度はその次からだったのです。

［北條民雄の川端康成あて書簡、一九三五年（昭和十年）十二月八日[8]］

「いのちの初夜」を書くまでは、「文学する」よりも、「生きるか死ぬか」――しかもどちらかといと「死ぬ」ことを考えるほうが、彼には差し迫った問題であった。しかし、川端康成という最良の読者に邂逅できたことで、青年は、書く＝「作家・北條民雄」になりきるという生を選ぶことができた。

「いのちの初夜」で、佐柄木はわずかな時間を見つけてノートに小説を書いているが、片方の目はすでに義眼であり、もう片方の目も光を失うのは時間の問題だった。満足には書けないが、「尾田さん、やはり私は書きますよ。盲目になればなったで、またきっと生きる道はある筈です。あなたも新しい生活を始めて下さい」（五〇ページ）と尾田を励ましている。「いのちの初夜」全編の通奏低音は「歔欷《すすりな》き」の声だが、佐柄木の発語には、青年が「北條民雄」という新しいいのちを得たときのような、凜とした響きがある。

「国の家」の「民」たることが求められた一九四〇年前後（昭和十年代）

北條の作品集『いのちの初夜』が刊行された一九三六年（昭和十一年）、各府県で、ハンセン病罹患者の療養所送致を目指して展開されたいわゆる「無癩県運動」が始まった。その調査検診行を記録した医師・小川正子の『小島の春』は三八年（昭和十三年）に出版され、瞬く間にベストセラーになった。その翌年には療養者である明石海人《かいじん》の歌集『白描』が同じくベストセラーになったが、どちらも支那事変下のことだった。

戦争の時代とは、国を挙げて健康な身体を必要とする時代である。そのような社会のなか、病める人々は病への絶望とともに、自分たちが国家から疎外されているという二重の絶望を抱いていただろう。かつ、一九四〇年前後（昭和十年代）は特に、個人ではなく「国の家」の民たることを求められた時代だった。文部省は『国体の本義』[9]で、日本国を「抑々我が国は皇室を宗家とし奉り、天皇を古今に亙る中心と仰ぐ君民一体の一大家族国家[10]」と規定し、次のように述べていた。

我が国民の生活の基本は、西洋の如く個人でもなければ夫婦でもない。それは家である。家の生活は、夫婦兄弟の如き平面的関係だけではなく、その根幹となるものは、親子の立体的関係である。この親子の関係を本として近親相倚り相扶けて一団となり、我が国体に則とつて家長の下に渾然融合したものが、即ち我が国の家である。

〔文部省『国体の本義[11]』〕

国民の生活の基本は、「個人」や「夫婦」ではなく「家」であり、国家とは、天皇という家長の下に一様に溶け合っているものであるという。そのような時代にあって、療養者や病弱者ら「国の家」の民として「渾然融合」できずに疎外された人々や、「国の家」の民たるよりもむしろ「個人」であることを志向した人々は、どのような肉声を残したのだろう。

この「国の家」の民たることが求められた時代に、ハンセン病療養者や徴兵忌避者はまさに非国民的な存在だった。そのような立場にありながら、〈書く〉という行為を通して、あるいは〈生きる〉ことによって、どのような生になりきり、そのいのちを回復させたのだろうか。彼らの声を記録した文学テクストに耳を澄ましながら、以下では三章にわたって考察を進めていく。

注

(1) 一九二七年(昭和二年)公布の兵役法第三十四条に「国民兵役ニ適スルモ現役ニ適セザル者ハ徴集セズ」とある。しかし、四一年(昭和十六年)以降、陸軍では、〈丙種〉も召集対象となった。

(2) 以下、「いのちの初夜」からの引用とページ数は、川端康成/川端香男里編『定本 北條民雄全集』上(〔創元ライブラリ〕、東京創元社、一九九六年)による。

(3) 石原吉郎『望郷と海』(ちくま文庫)、筑摩書房、一九九〇年、二九四ページ

(4) 石原吉郎「私と古典――北條民雄との出会い」『石原吉郎評論集――海を流れる河』同時代社、二〇〇〇年、一五四―一五七ページ

(5) 平野謙『現代作家論』南北書園、一九四七年

(6) 北條民雄「日記 一九三六年(昭和十一年)八月九日」、川端康成/川端香男里編『定本 北條民雄全集』下(〔創元ライブラリ〕)、東京創元社、一九九六年、二七九ページ

(7) 北條民雄「書簡 一九三五年(昭和十年)十一月十七日」、同書三六三ページ

(8) 同書三六七ページ

(9) 前掲『国体の本義』

(10) 同書三八ページ

(11) 同書四三ページ

第1章　〈国民〉を照射する生――ハンセン病療養者

1　療養所内「家族主義」

「救癩の歴史」「糾弾の歴史」に代わる新たな枠組み

本章では、ハンセン病療養者の一九四〇年前後（昭和十年代）の短歌を主な素材として、「〈国民〉を照射する生」を考察していくが、ここでハンセン病療養者の作品を論じるのは、決してその人々を非国民の席に座らせようという意図からではない。むしろ、療養所での生活を歌った短歌を丁寧に注意深く読み取ることで、療養者たちを〈非国民〉として隔ててきた〈国民〉の側の偏った思い込みや課題が浮かび上がると判断するからである。

廣川和花が『近代日本のハンセン病問題と地域社会[1]』で詳述しているように、今日では、近代日本のハンセン病問題をとらえなおす新たな枠組みの必要性が提起されていて、従来的な「絶対隔離政策のもとの国立療養所」という位置づけも再検討を迫られている。
廣川は、近代日本のハンセン病の歴史研究をさかのぼって分類し、二つの大きな潮流を提示している。一つは、のちに引用する光田健輔に代表されるように、戦前からハンセン病政策に深く関わった医師らが記述した「救癩の歴史」である。そしてもう一つは、ナチズム下の優生政策とも関連づけ、国家による強制隔離に焦点を絞り、ハンセン病療養所をアウシュビッツ強制収容所のような存在としてイメージづける「糾弾の歴史」である。特に後者は一九九〇年代から目立つようになり、隔離政策の遂行過程にその関心は集中していた。[2]
両者の研究史をふまえたうえで、廣川は、「救癩の歴史」と「糾弾の歴史」の「二項対立を脱して、病者の身体とその処遇を結節点として立ち現れてくる多様な「生存」の営みの過程を具体的に明らかにし、それを総合して近代日本のハンセン病問題をとらえなおす[3]」枠組みの構築を目指している。そのような療養者の身体と、多様な「生存」の営みとを、当事者が自分たちの言葉で具体的に記述したのが、ハンセン病療養者の短歌である。本章では特に、「国の家」の民としての身体をもつことが求められた一九四〇年前後（昭和十年代）、国立療養所のなかで生を営んだ人々の肉声を丁寧に読み取ることで、〈国民〉という概念を照射していきたい。
日本で初めての国立ハンセン病療養所は、岡山県邑久《おく》郡（現・瀬戸内市）に建設された長島愛生園である。一九二八年（昭和三年）からおよそ二年がかりで建設が進められた。その施設の概要は『長島愛生園創立50周年記念誌』[4]に示されていて、敷地の増減や寄付の推移などもうかがえる。

国立療養所長島愛生園の初代園長は光田健輔であり、光田が当初打ち出した構想は「家族主義」だった。その大綱として、光田の著書には次の五つの項目が示されている。

第一　融和の精神

（略）患者も職員も愛生園の家族である。私が家長となって、おたがいが親兄弟のように睦まじく暮していきたい。だれが治者でも被治者でもない。（略）

第二　互助の精神

（略）園内の宿舎は三段階になっていて、軽症者は家族舎にはいって、健康な一般家庭のように家族的に生活する。（略）軽症者が、重症者や不自由者の付添看護をする。また重症者や不具者でない限り、自分に適した作業をすることになっている。（略）軽症者が働いて、健康者の労務をはぶくと同時に、それが患者自身の日常の慰めともなっている。作業には一定の慰労金を出す。（略）

第三　犠牲奉仕の精神（略）

第四　虚礼の廃止（略）

第五　園の発展

愛生園の家族の質がよくなり、数がふえるのが望ましいことである。それだけ社会の病毒感染が減るのである。まだ社会に残っている者をひとりでも多く、一日も早くこの島へ迎えなくてはならない。（略）

［光田健輔『愛生園日記』(5)］

園長である光田を「家長」とし患者も職員も等しく長島愛生園の「家族」とみなす発想は、医療の現場に見られる「パターナリズム（paternalism ＝家父長的温情主義）」に由来する。医師だけではなく、看護師や職員、そして宗教家や社会事業家らも、患者に対してある意味での恩恵を与える存在であるべきだという倫理観が前提として備わっていた。そしてその発想は、日本国家、特に一九三七年（昭和十二年）刊の『国体の本義』の文言にほぼ共通するものでもあった。

我が国は一大家族国家であつて、皇室は臣民の宗家にましまし、国家生活の中心であらせられる。臣民は祖先に対する敬慕の情を以て、宗家たる皇室を崇敬し奉り、天皇は臣民を赤子として愛しみ給ふのである。

［前掲『国体の本義』四六―四七ページ］

家長たる天皇が子たる「臣民」を「愛しみ」、慈愛のまなざしを向ける。それに対して子は、宗家を「敬慕の情を以て」「崇敬し奉」る関係を築くという、非常にわかりやすい関係性である。当初はその「家族主義」で運営された長島愛生園だったが、園側には懲戒検束などの懲戒権もあり、のちには定員超過で入園者の不満が募り、一九三六年（昭和十一年）の長島事件[6]にまで発展していく。

療養所内での生活

家族主義を前面に押し出した療養所の生活、そのなかで、ささやかな喜びや生きがいを見いだした肉声も残されている。歌集『療養秀歌三千集』[7]（第2節で詳述）から数首を引用する。

病のため発育おそき男《お》の童の描きし林檎あはれに小さき
盲人に故郷の手紙読み聞かす吾の声音の優しくなりゐつ
盲人にその家妻の書きし手紙《ふみ》春蠶の様《さま》の細《こ》まごまありぬ
〔光岡良二（東京・全生病院、一九一一年〔明治四十四年〕生）〕

作者の光岡良二は、序章で述べた北條民雄の文学仲間であり、全生病院で北條民雄の最期をみとった一人である。院内では、文芸活動や自治会、また、全生学園の教師なども務め、歌集や詩集、評伝など著作も多数ある。[8]

子どもを産み育てることが許されなかった院内にも、幼くして発病した子らの姿はあった。一首目は、発育の遅い男児が描いた小さな「林檎」を歌っているが、小さくとも確かに描かれたかすかな生命力に、作者の目は留まっている。二首目は付き添いとして、失明した療友たちの目となって手紙や本などを読んでいる光景である。療友たちが待ちこがれている「故郷の手紙」を読み聞かせるときには、おのずと自分の声も優しく、温かいものになるというが、これは兄弟のような関係性を示すものだろう。三首目は、手紙を読み聞かせることで、自分が外部の生活者の肉声にふれることもでき、そのことに喜びを見いだしている歌である。

国立療養所長島愛生園の構内には、財団法人の長島愛生園慰安会が創立され、その主要事業は「重症又は貧困患者の慰安及救済」「娯楽機関の設備及諸演芸の開催」「宗教の普及及び学芸の奨励」[9]などだった。その財団から、療養所内では軽症者が重症者の付き添いをするほか、自分に適した作業に従事することで、一定の慰労金（作業賃金）を受け取ることになっていた。土木工事や木工、塗装、精米、家畜の飼育、また、重傷者への付き添い、洗濯、理髪、裁縫、農芸、さらに、衛生、図書、事務などのさまざまな作業が長島愛生園にはあり、次の短歌からもその風景がうかがえる。

病めりともふたたび握るのみつちの業をたのしむ大工の我は
病める身をひたすら忘れのみ打てば故郷に働く思ひするなり

軒の端に削りし板をたてかくと病める我が眼のまぶしかりけり

〔森正（岡山・長島愛生園、一九〇七年〔明治四十年〕生）〕

作者は入園前は「大工」であり、鑿《のみ》を握ってその作業に打ち込むことで、確かな生の「たのし」みを実感していたようだ。二首目には働く喜びが率直に歌われ、作業をしている間は病を忘れ、まるで故郷で通常に生活しているような思いにも至っている。三首目では、軒の端に自分で削った板を立てかけ、その仕事ぶりを誇らしく確かめている。その誇りが、「まぶしかりけり」の一語に凝縮されている。

作業量の軽重や用具の選択、環境などについてはさまざまな問題もあっただろうが、入園前に仕事をもっていた人々は、労働に従事することでひととき病を忘れる瞬間もあったようだ。自らの作業に意味を見いだし、療養所内で「生を完《まっと》う」（北條民雄）した人々の存在が、これらの歌から伝わってくる。

療養者による歌集刊行の先駆けとなった島田尺草にも、そのようないのちの回復の歌がある。十六歳で発病を宣告され、一九二〇年ごろ（大正末期）に二十歳で九州療養所（現・国立療養所菊池恵楓園）に入所した島田尺草は、〇四年（明治三十七年）に福岡で生まれた。[10] 医官・内田守（筆名は守《もり》人《と》）の指導のもとに療養所内で作歌を始め、療友らと「檜の影」短歌会を組織し、短歌結社・水甕にも入会した。「水甕」では同人に推挙され、その水甕社から、三三年（昭和八年）に歌集『一握の藁』、そして三七年（昭和十二年）には『櫟《くぬぎ》の花』を刊行している。

島田尺草は一九三八年（昭和十三年）に三十五歳で没し、『療養秀歌三千集』刊行の四〇年（昭和十五年）にはすでに故人だったが、この歌集に四十五首という大量の歌が収録されている。そのなかで、療養所内での擬似家族的な雰囲気をこのように歌っていた。

吾を背負ひて治療に通ふ友の息はづみて悲し雨の小路に
呼吸管に痰の絡めば羽根持ちて友がとりくるるかたじけなけれ
月月に来たる雑誌を読みくるる友一人ありて吾は足るらし

歌った「友」は、重症者である「吾」の付き添いをしてくれている療友だろう。治療を受けるときにも背負っていってくれるのだが、風雨の日などは足元も悪く、また、大人を背負うのは決して容易なことではない。つい息を荒らげてしまう友への申し訳なさ、そして謝意が、「悲し」の一語に込められている。二首目は呼吸のために咽頭に管を通す気管切開の手術を受けた後の歌である。咽頭にはめられた金属管で呼吸をするのだが、痰がからみついて苦しんでいると、「友」がタイミングよく「羽根」でそれを取り除いてくれ、「かたじけなけれ」と、ここでも謝意を表している。三首目の毎月くる「雑誌」とは、おそらくは短歌雑誌だろう。視力を失った目の代わりになり、また、短歌の口述筆記も手助けしてくれる一人の「友」に、心から支えられている生活を歌っている。

窓近き櫟の花のにほひ立つまひるはやまひ癒ゆがにやすき　島田尺草

第二歌集の題にもなった「櫟の花」を歌った一首である。黄色く垂れ下がる櫟の花が香りたつ昼、ふいに、病が癒えたかのような恩寵のひとときを感じたという。その日だまりのようなひとときは、一時は絶望の淵を這いながらも、療養所の生活のなかで心を回復した人だけに与えられた時間だったのだろう。

キーワードとしての「家族」

一九四〇年前後（昭和十年代）のハンセン病をめぐる言説で「家族」はさまざまな場面でキーワードになっていたが、それ以前から、ハンセン病をめぐっては「家族」がキーワードでありつづけてきた。なぜなら、罹患者の多くが、自分自身の「家族」と離れて療養所で暮らす道を選択させられたからである。そのような家族との別れはさまざまに歌われていて、島田尺草にも追想歌がある。

もぎ残せし柿を言ひつつははそははいでたつ我に別おします（追憶）

この「追憶」には、次のような忘れがたい映像があった。

それは大正十三年の秋も既に深い頃でした。

「もう行くのかい……」

母は声をうるませながら小走りで母屋の方から、出て来られました。私は裏山の自分の隠家から、一通りの手荷物をまとめて、まだ薄暗い霧の中に立つて、母の声の近づくのを待つてゐました。

「そんなに急がないでもよいでないか、行つてしまへば二度と、帰れるかどうか分らんのに。一寸母屋に寄つてみんなとお別れでもしてお行き」

母の今日のこの言葉は、さなきだに悲しい私の心に言ひ知れない哀愁と、惜別の情とをそそつて胸が一杯になるのでした。言はれる儘に母屋に行つて、母の心尽しの膳についた私は、今日が最後の門出だと思ふと母がついですゝめて下さる盃も、腸《はらわた》を抉ぐるやうに沁みわたるのでした。


［島田尺草「一握の藁を求めつつ(11)」］

島田尺草が療養所に旅立つ日、もぎ残した「柿」があることを心残りにしながら、母親は姿が見えなくなるまで見送りつづけたのだろう。

それから十数年を療養所で過ごすうち、島田尺草の父は還暦を迎え、妹は嫁していった。「病める眼に障ると思へ仮名書の母への文はせめて書きたき」という一首もあり、失明を経て病状が進行しても、島田尺草には「母」への、そして郷里の家族への強い思慕があった。ハンセン病療養所では、「家族」とは、ほかに代えがたい最も重みがある言葉であった。

法の運用実態と〈国民〉の生活感情への視線

もっとも、島田尺草のこのような歌が、療養所内に住んでいた一握りの患者の声にすぎないことは記しておかなければならない。一九二〇年前後（大正期）のハンセン病患者総数（自宅療養者も含む）は概算で一万五千人であり、四〇年前後（昭和十年代）の療養所入所者数は一万人程度だった。[12] 当時の国内人口約七千二百万人と比するに、その人数はやはり少数である。また、島田尺草が生活していた九州療養所の三三年（昭和八年）の入所者数は七百九十五人であり、そのうち、歌会に参加していたのは三十人ほどだったという。[13] 所内でもわずか四パーセントほどの人々の声であり、そのほか多くの永遠に埋もれてしまった多くの声を掘り起こすことはきわめて難しい。

なかでも、最も困難でありつづけているのは、〈国民〉や研究者らに内面化されている強制隔離政策という言説の検証だろう。前出の廣川和花の著書によると、一九〇七年（明治四十年）の「癩予防ニ関スル件」制定後、三一年（昭和六年）にそれを大幅改正した法律第五十三号「癩予防法」が成立したが、それは、自宅療養者の存在を想定した法律でもあり、「すべてのハンセン病者が終身隔離対象となる法」ではなく、「すべてのハンセン病者が隔離の検討対象となる法」だったという。したがって、「癩予防法」の成立によってハンセン病者の「絶対隔離政策」が完成したとみなすことはできないとも述べている。この見解には真摯に耳を傾けておくべきだろう。[14]

加えて、廣川が法の運用の不備と、そこに端を発する〈国民〉の偏見や排除の論理にまで踏み込んで指摘しているところも読み落としてはならない。いわく、府県の責任でなされるべき生活費補給や救護費用負担に関して、その正確な運用のためには「癩予防ニ関スル件」法下の府県法制の改正が必要だったそうだが、「癩予防法」成立後も、多数の府県が「旧来のハンセン病法制を引き継いでおり、国家のハンセン病政策の大きな転換に対応しなかった」のが実態だったという。そのため、各地域でハンセン病に対する偏見や排除の論理が生まれ、根深くなっていったことを廣川は問題視しているのだ。

国家の政策と、その地域社会・府県での運用実態との齟齬、そして、それが遠因になった〈国民〉の素朴な生活感情、それらにまで深くもぐって考察することは、ハンセン病問題をとらえるには不可欠のものと思われる。

2 「精神的更生」としての創作

療養所内での文芸創作の意義

一九三〇年から四〇年前後（昭和五年ごろから十年代）、各療養所では、文芸創作活動が広まっていた。馬場純二「医官、内田守と文芸活動」[15]でも述べているとおり、国家や府県の政策に対する検証をし、それらの負の部分を明らかにする一方、療養所のなかで、先行きが見えない生活を送っていた少数者の肉声に耳を傾けることも等閑視してはならない作業である。現在に残された一人ひとりの文芸作品を評釈することで、その手がかりを得ていきたい。

娯楽や慰安が少ない環境にあって、少しでも明日への希望を抱かせようと文芸創作を推し進めたのが、医官の内田守（筆名は内田守人）である。一九〇〇年（明治三十三年）、熊本県に生まれた内田守は、中国大陸に渡ったあと、地元に戻って県立熊本医学専門学校（現・熊本大学医学部）に進んだ。卒業後、二四年（大正十三年）に九州療養所医局員となったが、十代から短歌に親しんだ内田は、短歌結社・水甕に所属するほか、同人誌活動にも積極的だった。その縁で、療養所で歌会の指導を求められ、所内での謄写版歌誌「檜《ひ》の影」の発行にも力を尽くした。のちに長島愛生園に移り、第2章で取り上げる明石海人に短歌を指導したのも内田だった。

その内田守人の「癩短歌の昔と今」によると、明治末期、療養所の「生活の単調味と望郷の念を慰むる為に」[16]に、熊本や東京の病院などで俳句の座が開かれるようになった。そこから次第に外部の俳人たちとも交流ができ、「ホトトギス」（ホトトギス社）などの俳誌に入選する作者も増え、それを機に各療養所内で機関誌が作られた。このような機関誌に療養者の俳句や短歌、詩、歌謡などを掲載するようになり、自分の作品が活字になるという喜びが、彼らの精神的な慰安になった。またそれが、同時に、彼らの率直な心情を社会に紹介する手段にもなっていたのである。
当初は俳句の創作が多かったが、短歌創作が広まる契機は一九一五年(大正四年)ごろ、歌人でもある厚生省の高野六郎予防局長が、東京の私立療養所の女性患者に指導したことだった。その短歌は、内務省衛生局発行の『癩患者の告白』[17](一九二三年〔大正十二年〕)の巻頭を飾っている。続く告白手記の題は「幼児の思出」であり、筆者は「○○○○(女)二十八年」とだけ記してある。男兄弟ばかりのなか初の女子として誕生し、父母や兄たちに愛されて快活に育った十代。二十歳で結婚し、三年の年を経たころに発病の宣告を受けたという。その後の心境を短歌に託し、四章立て、九十二首を掲載しているが、次のような歌である。

いとかなしわれある故にはらからの なれし里にも住み憂しといふ
うたふにはあまりに悲しうたはねば 更に悲しき何とせむわれ
ありし世に得ざりし吾子を夢に得ぬ いとよく君に似てありし哉

自分が発病の宣告を受けたことで、兄たちは郷里で住みづらさを感じているという率直な内容の一首目。そのようなわが身を歌うのは悲しいが、歌わなければなお悲しいと逡巡する二首目。三首目は、短い結婚生活では得られなかった「吾子」を得る「夢」を見て、夫をしみじみと思い出すという、女性ならではの体熱が感じられる内容である。

このような短歌創作の指導をしながら、「うたはねば　更に悲しき」の肉声に、高野六郎は、療養所での文芸創作の意義をかみしめたのではないだろうか。以降、ハンセン病療養者による歌集が出されるつど、高野は序文を寄せるなど許す限り筆を執った。

一九四〇年前後（昭和十年代）には、内田守人が所属する歌誌「水甕」のほか「アララギ」、「国民文学」（国民文学社）、「勁草」（勁草社）などの一般の歌誌で創作に磨きをかける作者も増え、かつては謄写版雑誌「檜の影」を「歌壇の某先輩に送つて封も切らずに返送された(18)」苦い体験をもつ内田にとっても、想像を超えるような喜ばしい環境に変わっていったのだった。

療養者短歌に光をもたらした『新万葉集』

北條民雄の作品集『いのちの初夜』への注目に続いてハンセン病療養者による創作活動に光が当たったのは、一九三七年（昭和十二年）から刊行が始まった『新万葉集』全十一巻（改造社）である。『新万葉集』発刊は、改造社の山本実彦《さねひこ》社主が同社創立二十周年記念事業の一つとして企画したものであり、内田守人が各療養所に投稿を促したところ、五十三人の療養者による計百八十三首を収載することになった。

歌壇空前の大事業である改造社の新万葉集に、全国の癩歌人が五十余人も入選し、（略）感慨無量のものがある。（略）本年度は新万葉集の発行を機会に癩歌人の黄金時代が出現せんとしてゐる。医学的に充分救はれない彼等が、宗教にすがり、又文芸によつて社会一般人と霊的交友を企図し、精神的更生をなさんとしてゐるのは全く涙ぐましいものがある。

［内田守人「癩短歌の昔と今」「短歌研究」一九三八年九月号、改造社］

「精神的更生」という言葉には補注が必要だろう。これは、反省や信仰によって生活態度を改めるという意味での「更生」ではなく、療養所内で、自ら「生」を「更」新させるという意味合いというのが適切だろう。北條民雄がいう「いのちの恢復」あるいは「復活」と近いものである。病の進行を妨げるのは難しくとも、文芸創作を通して、精神的に新たないのちを生きていこうという意思であり、それを一般の読者にも伝えうる場の一つが『新万葉集』だったのだ。

その流れを受けて、一九四〇年（昭和十五年）、内田守人の選で『療養秀歌三千集』が刊行された。これはハンセン病や結核で療養中の人々と故人の短歌三千八百首を集めた歌集であり、出詠は五百六十余人に及んでいる。採録歌の特徴について内田はこのようにつづっている。

採録歌の歌柄に就て各方面から御意見を承はつたが、結局私としては療養的短歌のみを採ることにした。病者が自然観照に徹し其処に自適の歌境がある事は私も充分認めてゐるが、本集に於ては疾患的資料の有る歌のみに限定したのである。疾患苦を通して触れる人生こそ、療養者が受持つべき特殊の表現部門であり、其処に療養者独自の世界が存するのである。

〔内田守人「巻末記」『療養秀歌三千集』徳安堂書房、一九四〇年〕

「療養者が受持つべき特殊の表現」としての「疾患苦を通して触れる人生」、それを作品化することは、とりわけハンセン病療養者にとっては大きな意味をもっていた。北條民雄の日記にも次のような肉声がある。

病人は病気の話をするのが一番楽しいのである。とりわけ癩の患者が、その発病当時の驚愕や絶望を語るのは、時としてはモノマニアじみてさえいる。病名を宣告された時のあの驚きは、死ぬまで頭の底に沈んでいるのである。そしてこの病者は、その病名を自由に他人に語れないのみでなく、ひたかくしにかくしていなければならなかったのである。だからこういう世界〔療養所：引用者注〕へ来て、それを自由に語り、はばかるところなく苦痛を訴えるのは、此の上ない慰めであり心の解放なのである。

〔一九三六年（昭和十一年）八月九日の日記(19)〕

病名を宣告されたときの驚愕や絶望を、作品のなかではばかることなく語り、また、未知の読者に自分たちの存在をささやかでも知らしめられることが、どれほどの心の解放となったことだろう。発病後に療養所で生活した人々は、一般の〈国民〉からは身体的に遠い存在になっていたことは確かだが、作品の活字化は、そのような隔たりを少しでも埋めていく足がかりでもあった。

「署名」入りの文芸である短歌

また、近代短歌、とりわけ投稿短歌は、作者の名前とともに発表されるものとして定着していた。〈詠み人しらず〉ではなく、短歌が署名入りの文学だったことは、ハンセン病療養者にとっては特別な意味をもつことでもあった。

罹患者の多くは療養所に入ると、故郷と本名を伏せ、第二第三の名前で生きざるをえなかった。それはもっぱら家族への配慮からだったのだが、内田守人も「癩短歌の昔と今」で、「言語に絶する肉体的苦難を征服し得てゐる癩歌人も、癩の遺伝説による社会の迷妄の為に自分の血族者の迷惑を慮つて名前は殆ど全部変名を用ひてゐる」[20]と日本社会の現実を憂いていた。事実、「社会の迷妄」はなかなか消えがたいものであり、一九二九年（昭和四年）、九州療養所から合同歌集『檜の影』第二集が刊行された折にも次のような事態が起こっていた。

癩は遺伝でない伝染であるから、本名を名のりても必しも累を血族に及ばさないといふ安心も手伝つて……

（略）

秘めて居し我の病も歌の上にいつはらずけり豈悔いめやも[21]

といふ歌もうたはれてる。しかし熊本療養院《（ママ）》から檜の影第二集が発行され、熊本歌話会の合評が新聞にのせられると、患者の家族たちより悲しき抗議がつゞいてくる。とう〳〵いづれも仮名の下にかくれねばならなくなつた。（略）〔本名を：引用者注〕名乗らしめるまでに世の中が寛容になつてゐないのである。

〔下村海南(22)「癩者の歌」「短歌研究」一九三八年四月号、改造社〕

この合同歌集には四十五人が出詠していたが、家族らから「悲しき抗議」が続くために、「仮名の下にかくれ」ることを余儀なくされたという。本名を「名乗らしめるまでに世の中が寛容になつてゐない」という文面は、先に述べた国家の政策とその地域社会・府県での運用実態との齟齬、また、それらがもたらした〈国民〉の偏見などの生活感情にまで深く探って考察することの意味を伝えている。

とはいえ、たとえ第二の名前であっても、自分の肉声を込めた作品とともにその名が活字化されることは少なからぬ慰めになっていたことだろう。作品の活字化は、一般社会へのささやかな参画でもあったからである。

短歌を作り、作品が名前とともに活字になることによって、確実に精神的な慰安、更生の道を得た人々もいた。その一人が、「アララギ」会員であり、戦後は「未来」で活躍し、『歌集　仰日《ぎょうにち》』(23)『歌集　白き檜の山』(24)で現代短歌史に名を刻みつけた伊藤保である。

亡き子を育てる短歌

伊藤保は、一九一三年（大正二年）に大分に生まれた。島田尺草と同じく九州療養所の「檜の影」短歌会で、歌作によって生を紡いだ一人である。十四歳のときに父をハンセン病で失い、十九歳で母をみとった伊藤保は、二十歳になってから同じく罹患していた妹とともに九州療養所に入所した。その年に作歌を志し、「アララギ」に入会、斎藤茂吉に師事したのだった。斎藤茂吉が説いた「写生」は、歌心の衝迫を基本として実相を深く認識し、自然・自己一元の生を表現することだったが、伊藤保にとっての「歌心の衝迫」は、命を授かりながらも産むことがかなわなかった二人の子どもの存在であった。

一九四〇年前後（昭和十年代）、彼は療養所内で十歳年下の井手とき子と結婚し、四四年（昭和十九年）には新たないのちを授かった。けれどもそのいのちは七カ月の姿のままで、呼吸はなかった。

病める身を諾ひて神に縋《すが》るわが妻に身ごもる子をおろさせぬ
七月《ななつき》にて生れて拳《こぶし》がほどの生子いくらも泣かず死にゆきにけり

［伊藤保『歌集 仰日』第二書房、一九五一年］

当時、入園者は妊娠・出産は認められず、人工妊娠中絶や断種手術（精管切断術[25]）がおこなわれていた。また、もし子どもを産んだとしても、一般社会から切り離された療養所内では子を育てて成長させることは難しいという現実的課題も横たわっていた。右の二首は、全治の可能性が稀少な時代のことでもあり、伊藤保もそのような不安を捨て去ることができなかったのだろう。「病める身を諾ひて」、信仰にすがる妻に、身ごもった子をおろさせる決意をしたのだった。

しかし、二首目の「七月《ななつき》」という月日には重い意味が込められている。松下竜一『檜の山のうたびと』によると、「普通は三ヵ月で堕胎させられた。しかし、胎児を研究対象とするため、七ヵ月頃まで放置されることもあった。とき子の場合がそうであった(26)」というのである。堕胎が許されるのは妊娠八カ月までであり、「七月」はいわばぎりぎりの月数だった。妻のとき子としては、七カ月も生かされたのであれば、もしかすると特例として産ませてもらえるのでは――というひそかな夢ももったという。だが、そのいのちは息絶えてしまった。

柔毛《にこげ》立ちて露のひかれる熟桃《うれもも》をもぎてあたへむ子のわれになし

〔前掲『歌集 仰日』〕

乳児の頭を思わせる、やわらかに香りたつ「熟桃」。それをもぎとって手渡すように、いのちからいのちを手渡すことは断念せざるをえなかった。「もぎてあたへむ子のわれになし」――その「子」は、われの手元から引き離されてどこへいってしまったのか。

響《とよ》もして地震《なゐ》すぐるとき標本壜に嬰児ら揺るるなかの亡き吾子　［同書］

七カ月のわが子は標本壜のなかに保存され、同じ療養所内に眠っていた。国立療養所菊池恵楓園には、胎児や新生児をホルマリン漬けにした標本百十四体が残されていたという。子どもを堕胎してから三年後、療養所の広い敷地内を鳴り響かせるほどの地震が起こった。その揺れを、亡きわが子も標本壜のなかで同時に体験しただろうという歌である。

一九五一年、再び新しいいのちが妻の胎内に宿った。けれども、やはりこの世で呼吸することはかなわなかった。五八年に刊行した第二歌集『白き檜の山』には、「わが精子つひにいづべき管《くだ》閉ぢき麻酔さめ震ふ体ささへて帰る」と、輸精管を切断する手術を受けたことも歌われている。

そして次の絶唱が生まれた。

吾子《あこ》を堕《お》ろしし妻のかなしき胎盤を埋めむときて極《きはま》りて嘗《な》む

［伊藤保『白き檜の山』（「未来歌集シリーズ」第九篇）、白玉書房、一九五八年］

授かった二人目のいのちも堕胎という選択から免れることはできなかった。その妻の悲しい、だからこそ愛惜しくてならない「胎盤」を、夜、療養所の敷地内に埋めようとした一首である。歌集では、「星ぞらに湧く白雲のひくくして妻が胎盤を丘に埋めぬ」という歌が続いていて、星の夜空の下、小高い丘に埋めたことがわかる。だが、木の下の土を掘り返した刹那、感極まって、伊藤保はその胎盤をなめた。狂気さえも伴うような深い悲しみがここには歌われている。

二人の子どもは、このようにして生まれることを阻まれた。その体験を経て伊藤保が選び取ったのは、心の中に亡き子らを見、育て上げるという生き方であった。

妻が堕ろしし亡き子を円《まどか》と名づけつつこころに育て少女《をとめ》となしぬ
亡き子らが生きをれば十四と六つにて声に吾《あ》を呼ぶさまさへ見ゆる
［同書］

亡き子の一人は女児であり、伊藤保はその子に「円《まどか》」と名づけた。円満な、安らぎを与える名前のように感じるが、事実はそうではない。標本壜のなかにホルマリン漬けにされた七カ月のわが子の頭が、「円《まる》めた拳のように見えたことから名付けた(27)」のだった。その子を何年も心の中で育てあげるうち、いつしか赤児でも子どもでもない、「少女《をとめ》」らしい年齢になっていた。この世に在れば、二人はすでに十四歳と六歳のはずである。「父さん、母さん」と代わる代わる二人が呼ぶ声が聞こえるほど、想像のうちに——そして短歌のうちに、育てあげたのである。短歌創作とは、伊藤保にとって亡き子を育てることでもあった。

3　兵役と療養者

総力戦の時代に

ハンセン病療養所が、立場上でも経済生活上でも最も苦況に立たされたのは、国を挙げての総力戦の時代だった。本節では、戦争について具体的に歌われた短歌に目を向けたい。

第2節に引いた伊藤保には異腹の弟・公雄がいた(28)。両親を亡くし、伊藤保も妹もハンセン病を患っていたために、公雄はただ一人、伊藤家を継ぐ存在だった。壮健で職も得ていた弟は兄妹に仕送りを続け、手紙や衣類なども送り届けることがあった。頼りにしてやまないその弟に、一九四二年(昭和十七年)十月、召集令状が届いたのだった。

起ち上らむとする吾をとどめ庭先より声に稚《をさな》く呼びて来るなり

［前掲『歌集 仰日』］

当時、肺結核で喀血し、ほぼ仰臥の生活にあった伊藤保は、庭からのなつかしい声にふと目を覚ました。子どものころと変わりない弟の声は、起き上がろうとする伊藤保をやさしく制し、戦地にたつことを告げたのだろう。二人は乾いた草の上に並んで座り、弟が抱えもってきたきのこを焼き、食事をともにした。

いさぎよき二等兵汝れ新しき犢鼻褌《たふさぎ》を幾すぢも持ちてゆきたり　〔同書〕

真新しい褌《ふんどし》を荷に弟は出征したが、その清浄さは健康な身体を象徴するようでもある。けれどもその健康さのために、「いさぎよき二等兵」は激戦地へ送られたのだった。

環礁より
生死はさだかならざる汝《な》と思へどさくらのはなを今日は送れり
白紙《しらかみ》に蕾をつつみ汝に送るくれなゐ淡し山ざくらのはな　〔同書〕

一九四四年（昭和十九年）の作である。「環礁」からの弟の便りが届き、それに返信したことを歌ったものだが、その弟からの手紙には大瑠璃鳥《おおるりちょう》が飛ぶさまなどが書いてあったという。「生死はさだかならざる」とは、戦局のニュースも耳に入っていたからだろう。生死を危ぶみながらも、しかしひたすらに弟の生を信じ、伊藤保は山桜の花を手紙に添えて送ったのだった。「さだかならざる」弟の生死は、戦後一年を経てはじめて知らされた。公雄は一九四四年（昭和十九年）一月十八日、ニューギニアのナバリバの浜で伍長として戦死したのだった。

弟戦死す

国の力尽きゆく知らずニューギニア・ナバリバの浜に勢《きほ》ひ死ににき
認識票胸に縫ひ付けて笑《ゑま》ひをり海光る榕樹の蔭にならびて
秋暑く桃の残りの葉の散れり汝《な》が霊《たま》むかふ藁火焚きをれば
［同書］

伊藤保がその公報を受けたのは、敗戦後の一九四六年七月のことであり、「一片の遺骨も無く、微かな爪と毛筆と万年筆と紙牌の帰還」であった。享年は二十代半ばだったのだろう。敗戦を知ることなく、国家の勝利だけを信じて弟は逝った。写真には、認識票を胸に縫いつけ、南方の光る海のそばで笑顔を浮かべる弟がいる。しかしもう、その笑顔を見ることはできない。焚き火をするとき、桃の木に残っていた葉がはらりと落ちてきた。それを、散華した弟の心のように感じている三首目である。

弟が戦死し、自分が取り残されたという悲しみよりも、伊藤保には、病のために従軍しなかった自分の代わりに健康な弟が戦死したという負い目のような意識が強かったのではないだろうか。

健康な弟を戦死に導いた兵役法（一九二七年〔昭和二年〕四月一日公布、法律第四十七号）には、このような条文があった。

「第三十七条　徴兵検査ヲ受クベキ者勅令ノ定ムル所ニ依リ兵役ニ適セズト認ムル疾病其ノ他身体又ハ精神ノ異常ノ者ナルトキハ其ノ事実ヲ証明スベキ書類ニ基キ身体検査ヲ行フコトナク兵役ヲ免除スルコトヲ得(29)」

療養者や、身体や精神に障害がある人々に対しては、書類の提出だけで兵役「免除」が認められるとする条文である。その「兵役ニ適セズト認ムル疾病」のなかにハンセン病が含まれていて、二十歳で入所した伊藤保はおそらくは徴兵検査を受けていなかったと思われる。

国民の義務＝兵役を拒否された療養者

そもそも徴兵検査は、明治新政府の健民・健兵思想に基づいて、ハンセン病など疾病を発見することを目的として始まったものでもあった。一八七二年（明治四年）、軍医寮（陸軍省医務局の前身）が発足したときに、山縣有朋から「兵卒ノ入寮若《もし》クハ入隊ニ際シ身体ノ強弱病症ノ有無篤《とく》ト検閲スルハ兵事ノ根本ナリ(30)」という提言があり、疾病など身体の異常を発見して摘発することを基本原則としていたのである。そのため、徴兵検査、あるいは応召した際の身体検査ではじめてハンセン病の病名を宣告される人々もいて、彼らは「壮丁らい」「らい壮丁」などと呼ばれた。

明治末期から見ると、徴兵検査で発見されるハンセン病罹患者の人数は、年を追うごとに減少している。(31) たとえば一九〇〇年(明治三十三年)には、全受験壮丁に対するハンセン病罹患者は一・三パーセントだったが、〇九年(明治四十二年)には一・〇パーセントとなり、一四年(大正三年)には〇・二パーセントと激減した。その理由の一つには、徴兵検査以前に罹患がわかると警察または地方長官に把握され、その時点ですでに受験不要となっていたという事実があるだろう。徴兵検査を受けることもなく兵役「免除」になることは、兵役法第一条「帝国臣民タル男子ハ本法ノ定ムル所ニ依リ兵役ニ服ス」という「帝国臣民タル男子」から遠く隔てられたハンセン病壮丁の身体のあり方を物語るものでもあった。

そのような背景もあり、「帝国臣民タル男子」、また、〈国民〉たる人々から隔てられた環境に生きる人々は、戦争の時代、自分たちの身代わりのように戦地に送られたいのちに対して鋭敏にならざるをえなかったことは否定できないものだろう。荒井裕樹「隔離の中の〈大東亜〉」(32)には、国を挙げての総力戦下、詩歌や文学作品はその共同体内に響く「「同音《ユニゾン》」の合唱」になっていたが、ハンセン病療養者による詩歌にはこれに対して微妙な距離があったこと、またその「同音《ユニゾン》」に「同化することを希求しながら。〈私〉の領域に隔離された悲痛なモノローグであった」という疎外感が論じられている。荒井の論考では国立療養所多摩全生園の機関誌「山桜」の詩が評釈されているが、ここでは、これまで見てきた『療養秀歌三千集』から、徴兵検査や兵役などが具体的に歌われた短歌を読み解いていきたい。

適齢の兵事郵便受け取りし病の床に胸はつぶれつ
兵役の免除願ひに要すとて始《(ママ)》めてほりし認印かも
〔石川孝（熊本・九州療養所、一九三〇年〔昭和五年〕、二十五歳没）〕

一九〇六年（明治三十九年）、熊本県生まれ。「適齢の兵事郵便」とは、戸主から本籍地の市町村長あてに提出義務がある「徴兵適齢御届」を指すのだろう。一首目からは、療養所の病床でそれを受け取ったときの、心臓をえぐりとられるような思いが伝わってくる。

昭和の初めごろの作であるために具体的な戦争のイメージは読み取れないが、疎外感と孤独は読み取ることができる。二十歳の年に受ける徴兵検査は、ある意味、成人するための通過儀式でもあった。同い年の友人たちがことごとくその儀式を迎え、晴れて成人として家族や地域の人々に認められるのに対し、病む自分は帰郷することさえかなわない。「胸はつぶれつ」には、そのような疎外感と孤独も含まれているだろう。

二首目は、二十歳になるまでもつことがなかった「認印」を初めてもったという歌である。自分で彫ったのか、それとも療養所内のその技術をもった人に彫ってもらったのだろうか。記念すべき初めての「認印」を使う目的は、しかし、兵役免除の願書に捺印するためだった。「兵役の免除」

とは一人前の壮丁としての生を拒絶されることでもあり、男子としての自尊心を傷つけられるものでもあっただろう。

徴兵保険に入れて貰ひしかみの日は健やかにしていつくしまれたり
〔田中真人（熊本・九州療養所、一九一一年〔明治四十四年〕生）〕

戦時下にはさまざまな保険商品があったが、「徴兵保険」は、幼年の男児を被保険者とし、現役兵になったとき、あるいは入営したり志願兵になったりしたときなどに保険金が支払われるものである。両親は、その保険を自分の成長を願って掛けてくれたのだろう。その当時は何の憂いもなく家族愛に包まれていたことが、悲しみ深く歌に託されている。

支那事変が起こった直後には、療養所内で患者たちによる「国防献金」が自発的におこなわれた。

療院にも恤兵金を募る議起り四百余円を一日に集む
〔笹井浩（岡山・光明園、一九三九年〔昭和十四年〕、二十六歳没）〕

北條民雄の日記にも、「病人たちのうちには一人として不忠な者はいないし、事変が始まると直ちに病院をあげて献金をするやら、祈願をするやらであった」（一九三八年〔昭和十三年〕九月三十日）[33]という記述がある。献金といっても、療養者の暮らしには金銭的な余裕があるわけではなかった。第1節で述べたように、療養所内の作業に対しては作業賃金も出ていたが、それもわずかな額でしかなかったのである。そのようななかで、できるだけ出費を切り詰め、自分たちに代わって出征する兵のために金品を送り届けたことを具体的に歌っている。

「非国民」と他称された人々の疎外感と葛藤

もちろん療養所のなかには、戦争の目的に疑問をもち、あるいは信仰上の理由から戦争への協力を拒んだ人々も存在していただろう。しかしながら、その前段階として、兵役を免除された男性たちには、前線で戦う兵たちは自分たちの代わりになったという思いが強かったようにもみえる。たとえば、前線で発病を宣告されて送還された人の姿も歌われている。

癩と云ふことを知らずして送還《か》へされし若き戦士の面いたいたし
戦線のことを語れば病友《とも》の面悲痛にゆがみ癩を歎かふ
〔山川夢草（岡山・光明園、一九一一年〔明治四十四年〕生）〕

白衣の勇士も島に送られ来る
大陸に君のみ楯と起ちし日をいまのうつつに恋ひ思ふらむ

〔味地秀男（岡山・光明園、一九一三年〔大正二年〕生）〕

邑久光明園（現在は国立）は、一九〇九年（明治四十二年）、全国を五区に分けて設置された連合府県立ハンセン病療養所の第三区の療養所である。引用した二人は同じ園内の療養者であり、一首目の「若き戦士」と三首目の詞書の「白衣の勇士」は同一人物だったかもしれない。若い兵は、応召された際の身体検査あるいは戦線の陸軍病院ではじめて病名を宣告されたのだろう。「君のみ楯」として死をも覚悟して出征したはずが、前線から療養所へ送還されることになった。二首目、その若者が顔を悲痛にゆがませたのは、戦友たちのことが気になるからだけではない。発病のために自分を取り巻くあらゆる世界と秩序が音を立てて崩れていったという苦悩も読み取れる。

また、戦線にたつ肉親への思いは、さまざまに歌われている。

吾子三人北支の空に戦へど親と名乗れず癩病む吾は
吾子の部隊いま激戦のニュース聞き妻の祈りの今宵ながしも
戦のさなかにありてわが病ひ問ひ来る吾子の文にむせびぬ

〔秋山松籟（岡山・長島愛生園、一八九二年〔明治二十五年〕生）〕

年齢を見るに、高齢になってから入園した父親の歌だろう。二首目からは、「妻」もともに暮らしていることが読み取れる。三人の息子は出征したが、見送りにもいけない自分は、親であってもとても「親」と名乗れる立場ではないと嘆いているのが一首目である。情報が少ないなか、戦況を伝えるニュースには日夜息をのみ、妻も一緒に息子たちの無事をひたすらに祈っている。三首目は、病状を気遣う息子からの軍事郵便だろう。いずれも、病む「吾」と「北支の空」で勇敢に戦っている息子たちの姿とが対比されている。

又来ると帰りし母や現世は兄の召されしみ戦つづく
〔川崎澄緒（東京・全生病院、一九一七年〔大正六年〕生）〕

大君に弟二人を捧げ奉り申訳立つ如く吾が病みてをり
〔岩澤倭文夫（東京・全生病院）〕

病む自分に代わるかのように、健康な兄弟たちが出征していく光景を歌っている。一首目は見舞いにきた母が、兄の出征のことを心細げに語ったのだろう。その「み戦」の成り行きを作者は院内で見守るしかなかった。

二首目は、二人の弟を天皇に「捧げ奉」ったことで、自分はやっと「申訳」が立つという発想である。このような負い目の心が、当時の国家が求めた「国の家」の民の心そのものであるところに着目したい。自分は病んで兵になれないが、代わりに二人の弟を立派な兵として送り出したことで〈国民〉としての責務を果たしているというような気持ちは、『国体の本義』などで求められた〈国民〉、臣民の心に近い感情でもある。

総力戦下、兵役を阻まれた彼らだからこそ、少しでも国策に協力したいという逆説的な思いを言語化していたことが、苦痛に満ちた以上の引用歌からうかがえる。社会そして〈国民〉から非国民視された療養者たちは、戦時下には積極的に「国の家」の民としての生を希求していた側面があった。前出の荒井裕樹「隔離の中の〈大東亜〉」[34]でも、ハンセン病療養者の詩作品で、「自身が帰属する共同体を寿ぎ、その価値を賞賛するほど、〈無価値〉な自分自身が浮き彫りにされる」という逆説への苦悩を分析しているが、そのような逆説は、これらの短歌作品にも見られるのである。

注

（1）廣川和花『近代日本のハンセン病問題と地域社会』大阪大学出版会、二〇一一年

（2）藤野豊『日本ファシズムと医療——ハンセン病をめぐる実証的研究』岩波書店、一九九三年、同『日本ファシズムと優生思想』かもがわ出版、一九九八年、同『ハンセン病と戦後民主主義——なぜ隔離は強化されたのか』岩波書店、二〇〇六年、など

（3）前掲『近代日本のハンセン病問題と地域社会』二〇ページ。また、二一―三ページでは、蘭由岐子『「病の経験」を聞き取る——ハンセン病者のライフヒストリー』（皓星社、二〇〇四年）で、蘭が

「ハンセン病者」の世界を病者の経験の全体から「ライフヒストリー」として把握しようとしたことに首肯しながら、加えて、「ハンセン病者」は医学的見地だけではなく、対国家、対社会の関係でも「患者」として把握されるだけの存在ではない、ととらえている。これは大切な把握だろう。

（4）『長島愛生園創立50周年記念誌』国立療養所長島愛生園、一九八一年。なお、国立療養所に先立って、一九〇九年（明治四十二年）、全国を五区に分けて、その各区に連合府県立ハンセン病療養所が設置されていたことも確認しておきたい（前掲『近代日本のハンセン病問題と地域社会』一六ページ参照）。

（5）光田健輔『愛生園日記――ライとたたかった六十年の記録』毎日新聞社、一九五八年、一四四―一四八ページ

（6）その経緯は、長島愛生園入園者自治会編『隔絶の里程――長島愛生園入園者五十年史』（日本文教出版、一九八二年）に詳しい。特に「長島事件と自助会の成立」の章には、「嘆願書」や「職員議決書」「上申書」なども掲載されている。

（7）内田守人編『療養秀歌三千集』徳安堂書房、一九四〇年。序文を飾っているのは高野六郎である。

（8）光岡良二のプロフィールは、『ハンセン病文学全集』第八巻（大岡信／大谷藤郎／加賀乙彦／鶴見俊輔編、晧星社、二〇〇六年、六〇五ページ）に詳しい。

（9）岡山県ハンセン病問題関連史料調査委員会／ハンセン病問題関連史料調査専門員編『長島は語る――岡山県ハンセン病関係資料集 前編』岡山県、二〇〇七年

（10）馬場純二「医官、内田守と文芸活動」（歴史科学協議会編「歴史評論」二〇〇四年十二月号、校倉書房）によると、本名は「大島数馬」であり、実際、その名前での短歌の出詠も見られる（前掲『ハ

ンセン病文学全集』第八巻、五七五ページ)。

(11) 島田尺草「一握の藁を求めつつ」、大岡信/大谷藤郎/加賀乙彦/鶴見俊輔編『ハンセン病文学全集』第四巻所収、皓星社、二〇〇三年、五四ページ

(12) 全国ハンセン病療養所入所者協議会編『復権への日月——ハンセン病患者の闘いの記録』(光陽出版社、二〇〇一年、三七八ページ)参照

(13) 松下竜一『檜の山のうたびと』(「松下竜一その仕事」第十四巻)、河出書房新社、一九九九年、五〇ページ

(14) 前掲『近代日本のハンセン病問題と地域社会』七四ページ。また、「癩予防ニ関スル件」(一九〇七年〔明治四十年〕法律第十一号)下で処遇の決定が必要なのは「無資力患者」だけであり、「自宅療養者(有資力患者)」は強制的に隔離されて治療を受けるわけではなかったこと、「無資力患者」を「療養所送致」するかについて、その判断主体は「警察官署」ではなく「行政官庁(地方長官)」だったことも指摘している(五三ページ)。

(15) 前掲「医官、内田守と文芸活動」二〇ページに、「各療養所で患者らに寄り添いながら文芸活動を興していった人々の思いや動きも明らかにされなければならないと考える。(略)そのことで精神的に救われた多くの患者がおり、彼らの文芸活動の全てが否定されるものではないと考えるからである」とあるが、首肯するところである。

(16) 内田守人「癩短歌の昔と今」「短歌研究」一九三八年九月号、改造社、二一四ページ

(17) 内務省衛生局の内部にあった財団法人癩予防協会による『癩患者の告白』は、奥付が一九三四年(昭和九年)五月発行である。巻頭に「復刻の序」とあり、「本集癩患者の告白の編集を了へ印刷に伏

したのが大正十二年の春で、製本が出来て内務省へ納入を終つたのが八月三十一日であつたと云ふことである。然るに翌九月一日は東京の大震火災で内務省庁舎も烏有に帰し、予防課に持ち込まれてあつた本集も悉く灰塵と化してしまつた」。そして、かろうじて三四年（昭和九年）に「復刻」されたという経緯がある。本書での引用もこの復刻版による。

(18) 前掲「癩短歌の昔と今」二一五ページ

(19) 前掲『定本 北條民雄全集』下、二七九ページ

(20) 前掲「癩短歌の昔と今」

(21) 作者は島田尺草だった。正しい表記は「秘めて来し我の病も歌の上にはいつはらずけり豈悔いめやも」である。

(22) 下村海南は本名・下村宏。当時は貴族院議員として国民健康保険法案の委員などを務めていた。一九四五年（昭和二十年）には国務大臣兼情報局総裁として入閣、終戦に際していわゆる「玉音放送」の実施に尽力した人物でもある。竹柏会「心の花」の歌人であり、九州療養所や長島愛生園を訪ね、短歌の指導などにもあたっていた。

(23) 伊藤保『歌集 仰日』第二書房、一九五一年

(24) 伊藤保『歌集 白き檜の山』（「未来歌集シリーズ」第九巻）、白玉書房、一九五八年

(25) 患者に対して初めて断種手術がおこなわれたのは、戦前の一九一五年（大正四年）、当時全生病院の医長だった光田健輔によってである。四〇年（昭和十五年）に成立した「国民優生法」は、遺伝性疾患の防止を目的に断種を合法化した法律だった。ハンセン病はその対象外だったにもかかわらず、例外事項とみなされ、療養所内の断種手術は続けられた。そして戦後の四八年（昭和二十三年）に、

国民優生法を下敷きにした「優生保護法」が成立し、断種手術が合法化された（一九九六年五月に優生保護法は「母体保護法」に改正された）。

断種と文学との関係については、荒井裕樹「断種を語る文学――ハンセン病文学に見る〈優生〉への全体主義」（「日本近代文学会」編集委員会編「日本近代文学」二〇〇五年十月号、日本近代文学会、一二七―一四一ページ）がある。

（26）前掲『檜の山のうたびと』八六ページ

（27）同書八七ページ

（28）以下、公雄との挿話も同書二七ページ。

（29）兵役法第三十七条を受けた兵役法施行令第六十九条に、「兵役ヲ免除スルコトヲ得ル疾病其ノ他身体又ハ精神ノ異常」として、次のような症状が挙げられている。
・全身畸形
・不治ノ精神病ニシテ監視又ハ保護ヲ要スルモノ
・癩
・両目盲（眼前三分ノ一メートルニ於テ指標〇・一ヲ視別シ得ザルモノ）
・両耳全ク聾ニナリタルモノ
・唖
・腕関節又ハ足関節異常ニテ一肢ヲ欠キタルモノ
（清水寛『日本帝国陸軍と精神障害兵士』不二出版、二〇〇六年、六八―六九ページ）

（30）高三啓輔『サナトリウム残影――結核の百年と日本人』日本評論社、二〇〇四年、一七一ページ

（31）前掲『日本帝国陸軍と精神障害兵士』三六―三七ページに、一九〇〇年（明治三十三年）から一四年（大正三年）までの年度別のハンセン病罹患者数を示している。ほかに、山本俊一『日本らい史』（東京大学出版会、一九九三年、一三三―一三四ページ）にも次のような軍報告を引用している。

年次	ハンセン病罹患者数実数	（有病率）
明治三十年	六百二十人	（一・五四）
明治三十八年	五百二十六人	（一・三七）
大正四年	三百十六人	（〇・七三）
大正十四年	二百八人	（〇・四三）
昭和十年	四十九人	（〇・〇九）

（32）荒井裕樹「隔離の中の〈大東亜〉――ハンセン病患者の戦争詩」（東京大学文学部国文学研究室編「東京大学国文学論集」二〇〇七年五月号、東京大学文学部国文学研究室、一二九―一四六ページ）ほか、荒井裕樹「身振りとしての「作家」――北條民雄の日記から」（東京大学文学部国文学研究室編「東京大学国文学論集」二〇〇九年三月号、東京大学文学部国文学研究室、一七一―一八八ページ）も参考になった。

（33）前掲『定本 北條民雄全集』下、三四三ページ

（34）これらの論文をまとめた単行本『隔離の文学――ハンセン病療養所の自己表現史』（荒井裕樹、書肆アルス、二〇一一年）も刊行されている。

第2章　〈幻視〉という生——明石海人

1　歌集『白描』への注目

ハンセン病療養歌人・明石海人

本章では、第1章に引き続いてハンセン病療養者の短歌作品を、作者を絞って読み解いていく。一九三九年（昭和十四年）二月、長島愛生園の療養者・明石海人《かいじん》の歌集『白描』が改造社から刊行された。明石海人は四カ月後の六月、腸結核によって三十八歳で落命したが、『白描』は、歌壇だけではなく文壇全般から注目され、二年間で二万五千部を売るベストセラーになった。

明石海人、本名・野田勝太郎は、裕仁親王（昭和天皇）が誕生した一九〇一年（明治三十四年）、静岡県駿東郡に三男として生を受けた。体軀豊かな青年に育ち、静岡師範学校本科第二部を卒業したのち、地元の尋常高等小学校などに勤めた。同僚の女性と結婚して二人の女児にも恵まれたが、二十五歳になって突然、ハンセン病の診断を受けたのだった。

ハンセン病は幼いころに感染した癩菌による病だが、発病までの潜伏期が十数年にもわたるため、二十代の働き盛りになって突然発病する人々もいた。野田勝太郎がその一人だった。

今にしておもへば彼ぞ癩なりし童のわれと机並《な》めしが
わが病むも彼ゆゑにかも思ひいでて或は疎みあるひはいたむ

［明石海人『白描』改造社、一九三九年］

幼き日、教室で机を並べた「彼」がハンセン病を病んでいて、それが原因で自分も感染したのではないかと気づいた回想歌である。当然、疎ましさに怒りを抑えきれない日々もあっただろうが、しかし「彼」と自分とが同じ病を生きたことを思うに、「あるひはいたむ」という病者としての連帯の思いも去来するのだった。

明石海人は、長島愛生園に移る以前は神戸市の私立明石病院に入院していた。入院当初は、身長百七十八センチ、きりりと引き締まった顔立ちで、病をまったく感じさせなかったという。家族と引き裂かれ、職も追われた悲しみを読書にふけることで紛らわせようとしていたことが、療友の回想録に書かれている。

> 病友たちは、「明石さんはほんとうに病気なのだろうか。医者の誤診ではないのかなぁ」と噂し合った。入院した海人は悲しみを打ち消すように、机の上に唯物論や哲学の本をいつも三十冊ほど積み上げて、治療や食事の時以外はほとんど一日読書にふけっていた。それだけに実に博学であったが、彼は一度もそれを鼻にかけたり自慢することがなかった。（略）病友たちは誰もが彼を畏敬し「物識り博士」とか「生き字引」などと呼んでいた。
>
> ［松村好之『慟哭の歌人』[1]］

「明石海人」という名前が初めて歌壇で注目を集めたのは、第1章第2節に引いた改造社の『新万葉集』刊行時である。一九三八年（昭和十三年）刊行の第一巻に、無名の新人としては破格の十一首が収録され、短歌総合誌でも、「何んと云つても明石海人と云ふ作家の歌が群れを抜いてゐる。（略）皆哀切たる調子で、一読惻然たるものがある。（略）歌調は万葉調である。（略）語句がこれ程まで緊密に臻《いた》り得てゐるものは甚だ疎だから、大正昭和の万葉調中の代表的作品と云つてもいゝのである[2]」と紹介されるなど、「万葉調」の作品の完成度が高く評価されていた。戦後、伊藤整は評論「療養者の歌と私小説[3]」で、ハンセン病療養者の短歌が「その題材の自伝性」によって読者に深い感動を与え、「専門歌人」の作品よりも「「読むにたへ」かつ私は感動した」と評したが、自伝的内容とともに短歌としての技法も高く評価されたのは明石海人が初めてだった。

ハンセン病患者の三大受難「発病の宣告」「失明」「気管切開」

『新万葉集』収録歌も収めた歌集『白描』は、第一部「白描」と第二部「翳」とに分かれていて、第一部には、「発病の宣告」「失明」「気管切開」という、ハンセン病――なかでも肉体の膿汁で病み崩れてゆく「結節らい（湿性）」の病型――の「三大受難」を歌っている。まずは「発病の宣告」の歌を見ていこう。

病名を癩と聞きつつ暫しは己が上とも覚えず
医師の眼の穏《おだ》しきを趁《お》ふ窓の空消え光りつつ花の散り交ふ
人間の類を逐《お》はれて今日を見る狙仙《そせん》が猿のむげなる清さ
診断を今はうたがはず春まひる癩《かたゐ》に堕《お》ちし身の影をぞ踏む
妻は母に母は父に言ふわが病襖へだててその声を聞く
職を罷め籠る日ごとを幼等はおのもおのもに我に親しむ

［明石海人「白描」、前掲『白描』］

一首目は、東大病院で病名を宣告されたときの衝撃を、ストップモーションのように光と花びらを通して描写している。しかしそこに音はない。一瞬聴覚を失い、視覚だけがうつろにさまよっているような沈鬱さがある。彼はその沈鬱さを身に帯びたまま病院を出た。見知らぬ東京の街を歩き、気がつくと動物園に辿り着いていた。「狙仙」は江戸後期の画家で、猿や鹿などの動物画で知られる森狙仙だが、混乱する心に、現実の動物たちと絵画に描かれた動物たちが迫り、そして自分が「人間の類」をおわれたことをかみしめた。三首目、真昼の暖かな陽光の下、わが身＝これまでの自分と、「影」＝病を得た自分とが分裂しているが、しかしもはや診断をうべなう以外には、自分の生も、そして死もないのだった。

発病を家族に告げるのはさらに過酷なことであった。帰宅してまず妻に伝え、妻は母に、そして母が父に小声で伝えていくのを襖を隔てて息を殺して聞いている姿が四首目に歌われている。息づかいをそのまま伝えるようなこれらの歌は回想歌だが、切迫した臨場感を読み手に与える。

教職も退職を命ぜられた。「小学校令施行規則第百二十六条第二号后段」によって、勤めつづけることは許されなかったのである。五首目は、病のことなどわからない幼な子たちが、父親が家にいることを喜び甘えている光景だが、父としての「我」は、これからの身の処し方に思い悩むばかりであった。

一九三六年（昭和十一年）秋の「失明」は、次のように歌われている。

拭へども拭へども去らぬ眼のくもり物言ひさして声を呑みたり

兆候はあったものの、その日は唐突にやってきた。目を開くが、拭っても拭っても視野が暗いままである。あっ、と出そうとしたその声も言葉にはならなかった。

失明の後に襲う症状は呼吸困難である。対症療法として喉を切り開いて呼吸管を通す「気管切開」という手術をおこなうが、光田健輔によると、「末期症状で、喉頭が侵されて呼吸ができないので、のど仏の下のほうに二センチくらいの穴をあけ、金属管をはめてその管で呼吸をするのである」「ヒューンシューッという金属音の出る呼吸は痛ましいものである」[4]という。当時、その手術をすることは余命数年であることも意味していた。

　折から防空演習中なりければ
警笛《サイレン》は夜天に鳴れど鳴り歇《や》めどい這《は》ひ転伏《ころぶ》しわが喘《あへ》ぎ咳《せ》く
二十億の他人の息のかよふともただるる喉にわが息は熄《や》む
切割《きりさ》くや気管に肺に吹入りて大気の冷えは香料のごとし

時代は支那事変下である。夜、しかも「防空演習中」に呼吸困難に陥った。付き添いの療友もサイレンのほうに気をとられていたのかもしれない。警笛よりも激しくあえぎ、床を這い転び回り悶絶する姿が活写されている。二首目の「二十億」とは、全世界の人間を指すのだろう。「他人の息」は快く通っているが、わが身の息は一歩ずつ終息に向かっていることがリアリズムの手法で歌われている。三首目、その壮絶な苦しみを経て手術を終えた後、冷え冷えとした大気は、まるで「香料」のように肺に届いたという。「大気の冷えは香料のごとし」というこの比喩は、その呼吸を体験した人からしか生まれない鮮烈なものである。

『白描』の歌の多くは、園内の軽症の人々に口述筆記を頼んで完成した歌であり、失明してからの、より研ぎ澄まされた感性が際立っている。

作歌への意志——飽くなき推敲

明石海人が療養所内の機関誌「愛生」に作品を発表しはじめたのは一九三四年(昭和九年)のことであり、歌歴としてはそう長くはなかった。しかし、短歌に賭ける情熱には並々ならぬものがあった。そのころから、近い将来の眼疾の進行に備えて、先人たちの歌をノートに大きく墨書するようになり、釈迢空の『海やまのあひだ』などを写した十数冊のノートが残されている。(5) 三四年(昭和九年)の日記には、窪田空穂の『短歌随見』(6) を読了して一部を書き写したという記述や、短歌の添削指導を受けようと意気込む記述なども散見でき、作歌に特に力を集中させていたことをうかがえる。(7)

自作の短歌に対し、明石海人は完璧を求めてやまなかった。自分の名を世に知らしめた『新万葉集』収録歌にさえ満足できず、『白描』刊行までにおこなった口述筆記でも、なお推敲を重ねていた。内田守人が見かねて、「「此の新万葉集中の歌は選者の責任があるから、後で乱に改作するのは考へものだ」と云へば、彼は「信綱でも白秋でも自分に不満の作は何回でも改作してゐるから、決してかまはない」と抗弁した(8)ほどだった。これはまた、佐佐木信綱や北原白秋の歌業からも多くを摂取していたことがうかがえる発言でもある。
推敲過程には、たとえばこのような変遷が見られる。

1A　言もなく医師の眼をやる窓の外のさくら白花真日にかがよふ　〔「短歌研究」一九三八年四月号、改造社〕

1B　医師の眼の穏《おだ》しきを趁《お》ふ窓の外さくら白花ま陽にかがよふ　〔初期草稿(9)〕

①　医師の眼の穏《おだ》しきを趁《お》ふ窓の空消え光りつつ花の散り交ふ　〔『白描』〕

2　童わが茅花《つばな》ぬきてし墓どころその草丘に吾子はねむらむ　〔『新万葉集』〕

②　童わが茅花ぬきてし墓どころそのかの丘にねむる汝《いまし》か　〔『白描』〕

3　更へなづむ盗汗《ねあせ》の衣もこの真夜を恋へばはてなしははそはの母よ　〔『新万葉集』〕

③　更へなづむ盗汗の衣にこの真夜を恋へば遥けしははそはの母は　〔『白描』〕

比べてみるに、推敲後の①②③は漢字とかなのバランスまでも配慮され、韻律からも風格というものが感じられる。特に1Aから1Bへと改めた後に完成した①は、診察室の窓の「空」の青さがクローズアップされ、そこに白桜色の花びらがはらはらと「散り交ふ」という色彩の対比や、生命そのものを思わせる「消え光りつつ」という表現が秀逸である。病状の告白や、家族への慟哭を超え、これらはまさに〈詩〉に高められている。

内田守人は先の言葉に続けて、「画工がカンバスに向つて何回も自分で満足するまでは塗り直す様に、君の推敲は流石に徹底してゐたが、今や私は其処に巨匠の梯をさへ発見したるが如く、深く考へさせられるものである」(10)とも評している。

推敲に推敲を重ねたこれらの作品について、第1章にも引いた全生病院の光岡良二は、「巧みな措辞」という点を真っ先に評価した。

氏の歌を読んで最もきはだつて感ずることは、その表現の力量の豊かさである。巧みな措辞柔かなふくらみを帯びたリズム。そこにはどこにも重々しく渋滞したものがない。(略)中にも氏の優れた面の最もよく表れたものは、骨肉の情を詠はれた哀切の歌であると思つた。

思ひ出の苦しきときは声にいでて子等の名を呼ぶわがつけし名を
子をもりて終らむといふ妻が言身にはしみつつ慰まなくに
哀しみの深さが茲では、やゝもすれば他の処では浮き上りがちな技巧を蔽ひつくし、深く胸に響いて来る。
〔光岡良二「歌集『白描』を読む」「武蔵野短歌」一九三九年五月号(11)〕

批評家の河上徹太郎も、次のような評を記していた。

〔『白描』が：引用者注〕歌壇のみならず、広く文壇を通じて近来の絶品であることを疑はなかつた。（略）
盲ひてはもののともしく隣家に釘打つ音ををはるまで聞く
水鶏の声遠のきてをりをりに麻蚊帳のすそ畳をすべる
何といふ静寂で精妙な世界であらう！ 恰も眼が潰れたのでもつともつと大きな心眼の世界が開けたやうな世界、肉体は病者でも感覚は通常の人より遥かに健康だといへる世界である。（略）
また更に生きつがむとす盲我くづれし喉を今日は穿ちて
之は既に単なる叙述ではない。（略）生命の真底にある永遠の感傷の声である。眼も鼻も全身の痛覚も失つた人間が此の永劫の声を発音し得るとは、短歌の功徳の絶大な理由には違ひない。

［河上徹太郎「読書のページ」「新女苑」一九三九年五月号(12)］

「広く文壇を通じて近来の絶品である」と、歌壇を超えての評価がなされている。

明石海人の「精神の領分」とは

しかし、これらの評の引用歌の選択に対し、不満を述べた評言もあった。

残念な事に、彼の精神の領分に触れて物を云つた批評は、殆どまだ見当らない。せつかく歌壇外の人々からも多くの感嘆を寄せられながら、それらの中に取り上げられて居る歌は、申し合せたやうに、悲痛な現実に極く即したもの一点張りである。（略）其処にあきたらなかつた彼、更に高く精神の飛翔を望んだ明石海人の姿をも、それ故に一般歌壇から不可思議なりとされた「日本歌人」を選んで加り来つた事をも、見落してはならないと思ふ。

［齋藤史《ふみ》「精神の領分」「日本歌人」一九三九年八月号(13)］

『白描』評では、「悲痛な現実に極く即した」短歌ばかりが取り上げられ、作品の完成度は称賛されていても、明石海人の「精神の領分」にふれた批評が見当たらないことに不満を呈した意見である。

この言のとおり、同時代評に引用された短歌は、ハンセン病の「三大受難」を歌材とした第一部「白描」のものが大部分だった。第一部「白描」には短歌五百二首と長歌七首を収めていたが、その後に、第二部「翳」として百五十四首が収められていた。第二部「翳」の作品は、歌誌「日本歌人」発表作を推敲した作品群だったが、それらは歌集刊行時にはほぼ黙殺されていた。それを齋藤史が不服としたのだが、「一般歌壇から不可思議なりとされた「日本歌人」」と記しているのはどのような意味だろうか。次節でそれを追っていきたい。

2 精神の自由を求めて――歌誌「日本歌人」

定型口語歌の旗手・前川佐美雄

明石海人が短歌を発表した場には、長島愛生園の機関誌「愛生」と、医官・内田守人が所属していた「水甕」(一九三五年〔昭和十年〕に退会)、そしてもう一誌「日本歌人《にっぽん》」(日本歌人発行所)があった。

「日本歌人」は一九三四年(昭和九年)六月、前川佐美雄が奈良で創刊した歌誌である。

前川佐美雄は明石海人よりも二歳年少であり、一九〇三年（明治三十六年）、奈良県南葛城郡忍海《おしみ》村（現・北葛城郡新庄町）の旧家に長男として出生した。作歌は十七歳から始め、十八歳で佐佐木信綱の竹柏会「心の花」に入会、東洋大学入学を機に東京に移り住んだ。卒業後も東京に残って「心の花」の編集に参加し、後述する齋藤瀏《りゅう》をはじめ、多くの人脈をここで得た。

一九三〇年前後（昭和初年代）の歌壇は、斎藤茂吉、佐佐木信綱ら伝統派短歌と、渡辺順三、坪野哲久《てっきゅう》らを中心とするプロレタリア短歌、そして若手によるモダニズム短歌の「三派鼎立状態[14]」にあった。当時二十代半ばだった前川佐美雄は、「革命の短歌」であるプロレタリア短歌に引かれ[15]、一方で「短歌の革命」ともいうべきモダニズム短歌にも引かれていた。最終的には後者を選び、短歌革新を図るにはその「方法」を発見しなければならないとしてこのように述べている――「ではその方法とは如何に？（略）曰く「新しい角度から見る」たゞそれだけである。（略）今の歌壇は、真正面から見た人間のみが人間であり、頭の上から見た人間、足もとから見た人間、裏から見た人間はつひに人間でないかのやうに取扱はれてゐる。（略）何んと面白くない恰好だらう[16]」。この観点から、自らの精神世界をまったく「新しい角度から見る」歌を目指したのだった。

当時のプロレタリア短歌が、口語を基本に非定型＝自由律を志向したのに対し、前川佐美雄は、口語表現を生かしながらも定型を遵守する「定型ポエジイ短歌」の流れを創出した。その個性を確立したのが、一九三〇年（昭和五年）刊行の第一歌集『植物祭[17]』であった。

かなしみを締《し》めあげることに人間のちからを尽《つく》して夜《よる》もねむれず
なにゆゑに室《へや》は四角でならぬかときちがひのやうに室を見まはす
いますぐに君はこの街に放火せよその焔《ひ》の何んとうつくしからむ

〔前川佐美雄『植物祭』素人社書屋、一九三〇年〕

真正面から主体である現実の「われ」を歌うことには縛られず、自在な「われ」を作品化し、青年らしい感傷と既成概念への否定意思を盛り込んだ歌群は新鮮な耀きがあった。新進の画家・古賀春江が装画を手がけた『植物祭』は詩人や画家らから好意的な評を得、「心の花」でも同年十月号（竹柏会）で百ページ近い『植物祭』批評特集を組んだ。しかし一九三三年（昭和八年）、前川佐美雄の父が急逝し、家督を継ぐため、彼は奈良への帰郷を余儀なくされた。

奈良帰郷後に刊行した歌誌「日本歌人」は、奈良で印刷・発行されていたものの、県下の同人はそう多くはなかった。主要同人の齋藤史、石川信雄らは東京在住であり、百ページの誌幅では東京で得た人脈を生かして、詩、評論など他ジャンルとの交流を積極的に図っていた。座談会の顔ぶれを見るに、萩原朔太郎、保田與重郎、中河與一らの名前もある。

その「日本歌人」に明石海人が入会したのは一九三五年（昭和十年）五月だった。そして同年六月号に、初めて作品九首が掲載された。一部を引いてみる。

隕石《ほし》の群ながるる白日《ひる》のしづけさに雷針の金高くまどろむ
毒蝶は薊の蜜を吸ひつくしかげろふ昏き森に消えたり
玻璃ごしに盗汗《ねあせ》の肌を嗅ぎ寄るはおのれ光れる冥府《よみ》の盲魚か
無花果のまばら枝すでに萌えそめて空のうるみに反《そり》の明るさ

［明石海人「妻」「日本歌人」一九三五年六月号、日本歌人発行所］

未知の投稿者からのこの作品に、前川佐美雄は、「この作者は既に相当の修練を経て来てゐる(18)」と考え、入会後間もなくではあったものの、明石海人を一投稿者から「同人」に推挙した。

自由な「われ」を作品化

さて、明石海人は、なぜこの「日本歌人」という歌誌に関心を抱いたのか。『白描』「あとがき」の「作者の言葉」にはこのような言葉がある。

第一部白描は癩者としての生活感情を有りの尽《まま》に歌つたものである。けれど私の歌心はまだ何か物足りないものを感じてゐた。あらゆる仮装をかなぐり捨てて赤裸々な自我を思ひの尽に跳躍させたい、かういふ気持から生れたものが第二部翳で、概ね日本歌人誌に発表したものである。

「愛生」や「水甕」誌上に発表した「癩者としての生活感情を有りの尽に歌つたもの」だけでは飽きたらず、「赤裸々な自我」を思うままに「跳躍」させる場として、明石海人は「日本歌人」入会を選んだのだった。

それまでの作歌の経緯を知る内田守人は、このように解説している――「昭和九年から十年にかけて彼は多くの俳句を作り、詩を作り短歌を作り、創作随筆を書いた。短歌も十年の正月から八月ごろまで『水甕』に入社してゐたが、間もなく退社して、新しい表現を尊ぶ『日本歌人』の前川氏の歌風を思慕する様になつて、其の同人となつた(19)」。「新しい表現を尊ぶ『日本歌人』の前川氏の歌風」とあるが、先に引用した『植物祭』の歌群からうかがえるように、前川佐美雄の「歌風」には自在な「われ」の作品化や精神の飛翔があり、明石海人はそこに引かれたのだろう。

明石海人と前川佐美雄そして同人の齋藤史の作品には、共通する素材が見られる。

シルレア紀の地層はあをしかのころを蝎のごともわが生きたらむ

［明石海人「青果」「日本歌人」一九三八年一月号、日本歌人発行所］

シルレア紀の地層は杳《とほ》きそのかみを海の蠍《さそり》の我も棲《す》みけむ

［前掲『白描』］

どろ沼の泥底《どろぞこ》ふかくねむりをらむ魚鱗《うろくづ》をおもふ真夜なかなり

［前掲『植物祭』］

あをい眼窠に透明な水たたへられちかちかと食《は》む魚棲みにけり

［齋藤史『歌集 魚歌』（「新ぐろりあ叢書」第十四巻）、ぐろりあ・そさえて、一九四〇年］

いずれも、海、沼、あるいは水を深くたたえた「眼窠」という水底に、魚や蠍（蝎）などグロテスクな印象を与える生物がすんでいるという歌である。

明石海人の一首目を推敲したものが二首目だが、「シルレア紀」は、シルル紀とも呼ばれる四億四千年ほど前の古生代を指す。シダ植物が誕生し三葉虫がすんでいた大昔の海底に「蠍」としての私も棲息していたのだろうという想像は、つまり「我」はそもそもいま生きるべき人間ではない、人類が誕生するはるか昔のグロテスクな「海の蠍」なのだという認識である。そこには、いまのこの状況から抜け出したい、はるか彼方に飛び出したいという、精神の飛翔願望を読み取ることもできる。

前川佐美雄の歌は、静まりかえった深夜、ぬかるんだ沼の深い深い底に眠っているだろう「魚《うろ》鱗《くづ》」に思いをはせている。魚である自分の分身を見失ってしまい、それを探し求めるような飢渇感も漂っている。

齋藤史の歌は、透明な水をたたえたような青い眼窠に、「ちかちかと」小魚あるいはプランクトンなどを餌に食べる魚がすんでいるという内容である。澄んだ目ではあるが、なにか貪欲にものを食む魚がすみついているようだ。これも、現状には飽きたらず、何か異なるものを求める飢えた目を表現しているのだろう。

これらから感じ取れるものは、いずれも現実の身体から精神を飛翔させ、想像力の世界で自由な「われ」を表現したいという思いである。「日本歌人」は、そのような作品が発表できる場であった。「愛生」「水甕」では引き締まった文語調の短歌を寄せていた明石海人も、「日本歌人」では、口語調を取り入れた作品に挑戦している。前川佐美雄の作品の本歌取りと思われる次のような口語歌もあった。

ほんたうの自分はいつたい何人《たれ》かなと考へつめてはわからなくなる

［前掲『植物祭』］

残された私ばかりがここにゐてほんとの私はどこにも見えぬ

［明石海人「軌跡」「日本歌人」一九三七年四月号、日本歌人発行所］

「ほんたうの自分」「ほんとの私」が見えず、行方不明になっているような歌だが、前川佐美雄の歌には、青年期の感傷も多分に含まれているだろう。一方、明石海人のほうは、「残された私」は病者としての身体であるために、遠ざかってしまった「ほんとの私」への愛惜には、前川佐美雄のそれよりも一層の重量が感じられる。その、「ほんとの私」の精神を表現できる場として、明石海人は「日本歌人」を選んだのだった。[20]

しかし、齋藤史が「一般歌壇から不可思議なりとされた「日本歌人」」と書かざるをえなかったように、一九四〇年前後（昭和十年代）の歌壇では、「日本歌人」は異端の才能を集めた地方歌誌という位置づけにあった。三〇年前後（昭和初年代）に鼎立していた伝統派短歌、プロレタリア短歌、モダニズム短歌のうち、このころには後者二つが衰え、伝統派短歌――とりわけ、「アララギ」リアリズムが歌壇の多数派となっていた。モダニズム短歌の流れを汲む「日本歌人」は、歌壇では主流ではなく、そのことが『白描』評価での第一部「白描」の偏重と第二部「翳」の黙殺の遠因にもなっていた。

その黙殺が解かれたのは、『白描』刊行から二十五年もの歳月を経てのことであった。

〈幻視〉による現実の破壊

一九六四年、塚本邦雄が評論「短歌考幻学」[21]で、「歌集『白描』の存在理由はただ一つ、『翳』と題する第二部の作品群によつてのみ証されることを、ぼくはかたくなに信じてやまぬ」とする作品評を展開し、第二部「翳」の評価を促した。論のなかで塚本邦雄は、第二部「翳」の歌群の特質を〈幻視〉と表現した。括弧付きのこの〈幻視〉は、字義どおり、失明した明石海人が、実際の両眼ではなく心の目で見た世界ということでもあるが、徹底的に社会から疎外され、「腐つてゆく肉体の底で盲目の眸をみひらき、美の王国を幻想した」その視線に、塚本は「現実の破壊」をも意味する「幻を視る」行為の意味を見いだしていた。

　かつて「幻想」は禁句であつた。少くとも、近代短歌においてその制作の目的を、幻を視るためと公言することは、タブーであり、異端であり、例外的であり、反体制的であつた。（略）幻を視ることは、即ち現実の破壊を意味し、幻想することが人間に与へられた本能であり、特権であるかぎり、これの全き行使はひいてはつねに現状の温存、相対的安定の継続をもつて、自らの保身をはかる権力者の恐怖の因であつたらう。

［塚本邦雄「短歌考幻学」「短歌」一九六四年四月号、角川書店］

「現実の破壊」をも意味する「幻を視る」という行為を「異端」であるとしながらも、塚本邦雄は、「もとより短歌といふ定型短詩に、幻を見《（ママ）》る以外の何の使命があらう」とも述べている。齋藤史の形容によれば「更に高く精神の飛翔を望んだ明石海人」が、第二部「翳」で選んだ方法はまさに

〈幻視〉であった。病む身体、療養所から脱出不可能な身体という現実を突き破り、精神を高く解き放って想像の世界に飛翔させたのである。

第二部「翳」には、第一部「白描」で歌われたような病状の具体的描写などは登場していない。代わって歌われたのは、たとえば以下のような作品だった。

大空の蒼ひとしきり澄みまさりわれは愚かしき異変をおもふ

［明石海人「翳」、前掲『白描』］

初出は「蒼空の蒼ひとしきり澄みまさりわれ愚かしき異変をおもふ[22]」である。明石海人の「日本歌人」出詠作には、「蒼」を歌った作品が多い。かがやく蒼天の美しさについては、没後に発表されたエッセーにこうつづっていた。

夢に生きうるものはまだしも幸である。あらゆる夢を失つた者は風の音にさへ死を思ふ。しかしどん底に落ちて見上げる頃は一層高い。絶望のぬかるみにあえぎながら瞥見する蒼天のかゞやきは、海波のさゞめきは、そのゆゑにこそ、妖しいまでに美しい。

［明石海人「断想」「日本詩壇」一九三九年九月号、日本詩壇発行所］

「蒼」い空は、絶望の底から仰ぎ見る美そのものであった。掲出歌はその「蒼」の清澄さが際立つ空を歌っているが、下の句では美がたたえられているのではない。「われは愚かしき異変をおもふ」であり、しかもただの「異変」ではなく「愚かしき異変」が想像されている。具体的にそれが何であるかは示していないが、「愚かしき異変」を思わずにはいられないほどの切迫した精神状況がうかがえる。

おちきたる夜鳥のこゑの遥けさの青々とこそ犯されゐたれ

ここにも「青」い色が登場している。初出は「おちきたる水鶏のこゑにとある夜はただ青々と犯されゐたり[23]」であり、掲出歌の「夜鳥」とは、夜行性で鳴き声に特徴がある「水鶏」であることがわかる。水鶏の鳴き声のはるかなさまが「青々と」「犯され」ているというが、これも尋常ではない危うさが連想されるだろう。

わたる日のくるめき堕ちし簷《のき》ふかく青き毒魚をむしりて啖《くら》ふ

初出は「わたる日の空に狂へる屋根の下青き毒魚を裂きて啖《くら》ふも[24]」だった。「堕ち」るイメージと「青」、そして「毒魚」の組み合わせは、明石海人の詩歌に反復されているものだが、その精神世界とは、初出に明らかなように「狂」であった。

〈書く〉という行為へ

第二部の自序にはこのように書かれている。

単なる空想の飛躍でなく、まして感傷の横流でなく、刹那をむすぶ永遠、仮象をつらぬく真実を覓《もと》めて、直観によつて現実を透視し、主観によつて再構成し、之を短歌形式に表現する――日本歌人同人の唱へるポエジイ短歌論を斯く解してこの部の歌に試みた。

その成果はともかく、一首一首の作歌過程に於て、より深く己が本然の相に触れ得たことに、私はひそかな歓びを感じてゐる。

〔前掲「翳」「自序」〕

「直観によつて現実を透視し、主観によつて再構成」した作が、以上のような、「愚かしき異変」「青々と」「犯され」る、「毒魚をむしりて啖《くら》ふ」などの歌である。特に「わたる日のくるめき堕ちし簷《のき》ふかく青き毒魚をむしりて啖《くら》ふ」の、閉ざされた室内で青光りする小魚を裂き、むしって食らう「狂」の姿こそ「己が本然の相」であった。

実際、「狂」は、歌人・明石海人の生誕に少なからぬ関わりをもつ言葉だった。〈明石海人〉生誕以前の野田勝太郎の人生を伝記的に振り返ってみたい。
一九三二年（昭和七年）、三十一歳の野田勝太郎は、神戸市の明石病院から岡山の長島愛生園に移った。しかしその日の記憶は彼には一切ない。意識混濁のまま担架で移送されてきたからである。そのときの印象を、長島愛生園の光田健輔はこう書き記していた。

入園したときは彼れは精神朦朧、頭痛、不眠、幻視幻聴に悩まされ加之追跡妄想さへあつた。それで明石以来の親切な御友達が始終彼れの身辺に附添ひ、食事身の廻りの世話をするのみならず、発揚の場合には身長五尺六寸に余り膂力衆にすぐれた彼れを取鎮め、又夢中遊行する彼れを追跡せねばならなかつた。

［光田健輔「明石海人の印象」「短歌研究」一九三九年八月号、改造社］

「彼れ」は移転の十日ほど前から不眠が続き、遅くまで野道をさまよい、あらぬことを口走るようになっていたという。そして高熱を伴う脳炎にかかり、意識が混迷していたところを移送されたのだった。「幻視幻聴に悩まされ」とあるが、この「幻視」は前述の塚本邦雄の論中の〈幻視〉と同じ意味ではなく、現象としてのそれである。光田の筆のとおり、野田勝太郎は長島愛生園に入園してからの半年ほども幻視や幻聴にさいなまれ、「毎晩のように何百とも知れぬほどの蛇が全身には い上がって来たり、警官が追いかけて来る錯覚に襲われていた[25]」。新しい寮舎では夜になると素裸になって部屋を飛び出して付近を走り回った。そんな彼を療友たちは見守り、献身的に介護を続けていた。
野田勝太郎には、いっそ「狂」に襲われたほうが楽なのではないかという思いもかつてはあった。自宅通院を経て一人入院し、妻に離婚を切り出した手紙にもこう書いている。

妻よ！（かう呼ぶのも之が最後かも知れないね）どうか勇敢に自己の道を切開いて行つてくれ。私ももつともつと内省して、生命の限り自己の深化を忘れない様にしよう。そして追憶のみを唯一つの慰めとして生きてゆかう。（略）
時にはいつそ、気でも狂ふのではないか？　正気を失ひでもしたら、この苦悩をも忘れられるだらうとまで思ふ事もあるが、しかし私の理性は私をして魂の破滅から救つてくれるだらうと固く信じてゐる。私は絶望の極自殺したりする程弱くはない。
［野田勝太郎の妻・浅子あて書簡、一九二九年（昭和四年）[26]］

彼が入院した明石病院は経営難のため閉鎖を余儀なくされ、入院患者のうち二十五人が、初の国立療養所である長島愛生園に転院することになった。松村好之の『慟哭の歌人』によると、意識混濁のまま愛生園に移送された後の野田勝太郎は、昼間はめったに動かず、しかし夜になると素裸で部屋を飛び出すことを繰り返していたという。

そして春のある日、思い詰めたような鋭い目つきで野田勝太郎は走り出した。あわてて後を追った松村の目前で、彼は山道を分け入り、「自殺でもしようとしているのか」「谷の水溜まりに顔を突っ込」み、そのうちぐったりと動かなくなってしまった。[27] 松村の機転で命をとりとめ、その後、一九三三年(昭和八年)秋にようやく彼は精神の安定を取り戻した。

〈明石海人〉としてのいのちの生誕は、松が生い茂った「光ヶ丘」に登ったときだったという。「五感ではとらえにくい、何か神秘的というか、大いなる力が働いている[28]」ことを感じ取り、彼は受洗を心に決めた。次女の突然死や父の訃報という悲しみが重なるなか、新しいいのちとして生き直すことを心に決めた彼は、俳句、短歌、詩を作りはじめ、以降〈明石海人〉として、短歌総合誌に作品を投稿するようになった。〈書く〉という行為が、明石海人としての生を支えたのだった。

身体拘束のなか、精神は飛翔

逃走や自殺未遂に至る心の動きは、のちにこのような三行詩に書かれた。

一つの終焉

某日、高熱を発して死生の一線を彷徨した数日の間の幻影

煉瓦の塀を高くめぐらす

街角に母がゐて
逃げよ逃げよと言ふ

すでに灰の降りはじめた街の夕ぐれ
わたし一人を遺して
人々はみな逃げ失せてゐた

とりかこむ壁の石を抉つて
声のない悲鳴が
青くしたゝる

仰げば星も見えると思ひながら
ぬかるみに
足をとられてゐる私

透明な肉身だけが天国へゆけた
わたしは

つひに透明にならなかつた

［明石海人「一つの終焉（三行詩）」「愛生」一九三七年十二月号、国立療養所長島愛生園］

この三行詩は、〈明石海人〉誕生以前の空白の日々の「幻影」である。[29]「わたし」は、煉瓦の塀や高い石壁に取り囲まれているが、それはすなわち療養所であり、また、病そのものの比喩だろう。幻の「母」の声に従ってそこから逃げ出そうと焦るが、周りの人々がみな逃げうせたにもかかわらず、「わたし」は一人取り残されてしまった。本当は天空に飛び出したい「わたし」だが、ぬかるみに足をとられ、逃げ出せない。ついに「透明にならなかつた」ために、「わたし」は「天国」に行けなかったという内容である。

この詩のように、脱出したい、場合によっては「天国」にさえ逃げたいという切望は、明石海人の作品に多く登場している。たとえば次の一首も脱出願望の歌である。

蒼空のこんなにあをい倖をみんな跣足で跳びだせ跳びだせ

［前掲「翳」］

初出は「蒼空のこんなにあをいまん中をあなたははだかで走りたくないか[30]」だった。詩のほうは夜のイメージだったが、この短歌はまさに昼ひなかの「蒼空」のもとでの脱出願望が歌われている。

口語調でもあり、病と向き合う身体を歌った第一部「白描」の歌群には、このような自在な歌は見られない。

「残された私ばかりがここにゐてほんとの私はどこにも見えぬ」――「ほんとの私」を探し求め、それを短歌で表現するために「日本歌人」に入会した明石海人だったが、彼の「本然の相」とは、「狂」の世界に非常に近いものだった。健康な身体と正気とを求める国家から見れば、『白描』第二部「翳」の世界は、異端なものだったといえるだろう。

明石海人の身体は、国立療養所に拘束されていて、つまり国家のもとにあった。しかし精神は、どのようなものにも強制されない想像力のうちに飛翔し、跳躍を試みていた。その精神の飛翔、跳躍の場となった「日本歌人」での明石海人と齋藤史との接点を、次節に見ていきたい。

3　天刑と刑死――二・二六事件歌をめぐって

二・二六事件と短歌

「日本歌人」に明石海人が入会してから一年ほどたつまで、前川佐美雄は、「岡山県虫明局私函第一号」から短歌を寄せるこの熱心な投稿者がハンセン病療養者であることを知らなかった。

歌は月を逐うて進み方が著しいので、（略）入会せられてまだ幾何も間がないのであつたが、一気に「日本歌人」の同人に推したのであつた。僕ばかりではない、恐らく、「日本歌人」の他の誰人も作者が癩者であるといふことは知らなかつたであらう。知らないままに作者の歌を品評し、又作者も他の人の歌を品評したりして勉強してゐられたのである。

〔前川佐美雄「明石海人と『日本歌人』」「日本歌人」一九三九年八月号、日本歌人発行所〕

「他の人の歌を品評したりして勉強」とあるが、同人に推されてからの明石海人は積極的に筆を動かし、歌論「短歌における美の拡大」を五回にわたって連載したり、「作品合評欄」に合評歌選出者としても登場していた。

その明石海人の境遇を前川佐美雄が知ったのは、二・二六事件のあと、一九三六年（昭和十一年）九月のことであった。

一九三六年（昭和十一年）二月の二・二六事件は、さまざまな意味で日本近代史の流れに影響を与えた事件だった。当事者である青年将校らの意思をはるかに超え、国家権力を強化させる機になったからである。東京市には戒厳令が敷かれ、二十九日にそれが解かれるまでラジオはほかの番組を控え、もっぱらニュースを放送しつづけた。

短歌総合誌にも、雪降る二月の帝都・東京の四日間はさまざまに歌われた。その一部を柳田新太郎編『短歌年鑑 第一輯』[31]から引用してみる。

民をして知らしむ勿れといふ如くにも静けきなかに雪ふりてをり
寄り寄りにささやき合へどこの事件《こと》の批判はさらに根拠《よりどころ》なし
〔岡山巌「動乱」「短歌研究」一九三六年五月号、改造社〕

夜おそく声ひびき来るラヂオより知り得たることのあはれ乏しき
蹶起せる青年将校らは三日経て反乱部隊となりをはりたり
〔半田良平「四日間」「短歌研究」一九三六年六月号、改造社〕

都市異変？　否否否と否定しても遂に否定しきれぬもの
東京の夜あけの空を截ちおとして、たうとう彼等は××したか
〔前田夕暮「二・二六」「日本短歌」一九三六年四月号、改造社〕

同じ東京市内に居住していても、「ラヂオ」か号外、新聞からしか情報は得られず、しかも根拠のない噂話が巷に流れていた。「民」としては全体像がつかめず、そのいらだちや困惑が歌われている。

岡山巌の一首目「民をして知らしむ勿れといふ如く」のとおり、この事件は内務省警保局による

検閲強化の契機ともなった。新聞や雑誌では、この事件を論評したことを理由とする「安寧秩序妨害」での発禁処分が相次ぎ、そしてその余波は、少数の読者向けの短歌雑誌にも及んだ。

前出の『短歌年鑑 第一輯』によると、この事件に関して〈発禁〉になった短歌雑誌には二誌があった。一誌は杉浦翠子主宰の「短歌至上主義」一九三六年（昭和十一年）六月号（藤浪会）であり、「二・二六事件の作品が忌避に触れ」たためだったという。そしてもう一誌が、前川佐美雄の「日本歌人」一九三六年（昭和十一年）九月号（日本歌人発行所）だった。「理由は二・二六事件に関する作品があつたためといはれてゐる」と書かれているが、その「二・二六事件に関する作品」の作者名は明石海人だった。

二・二六事件
叛乱罪死刑宣告十五名日出づる国の今朝のニュースだ
死をもつて行ふものを易々と功利の輩があげつらひする
［明石海人「七月」「日本歌人」一九三六年九月号、日本歌人発行所］

「七月」と題された十三首の最後の二首であり、詞書として、「二・二六事件」と明記されている。この二首を読み解く前に、少し遠回りになるが、「死刑宣告」を受けた人々と関わりが深い齋藤史のことを述べておきたい。

「日本歌人」同人・齋藤史

「日本歌人」主要同人の一人・齋藤史は、一九〇九年（明治四十二年）生まれで明石海人よりも八歳年下であり、当時は二十代半ばだった。父の齋藤瀏は陸軍将校であり、また竹柏会「心の花」の歌人でもあったことから〈軍人歌人〉とも呼ばれていた。

二・二六事件当時、齋藤瀏は一九二八年（昭和三年）の済南事件の出兵と交戦の責を問われ、予備役に編入されていた。しかし東京の自宅には、瀏を肉親のように慕う若い将校らが出入りしていた。そのなかに、齋藤史の小学校の同級生・栗原安秀《やすひで》中尉、また下級生だった坂井直《なおし》中尉らの姿もあった。

「叛乱罪死刑宣告十五名」の「十五名」は、その栗原安秀、坂井直らを含む将校十三人と民間人二人である。三月四日に非公開の軍法会議が開かれ、彼らと幼少時から身近に接していた齋藤瀏も反乱幇助罪に問われ入獄を迫られた。

十五人に死刑判決が下されたのは、同年の一九三六年（昭和十一年）七月五日のことであった。そして早くも七月十日に、銃による処刑がなされた。明石海人はそのニュースを園内のラジオで耳にし、「日出づる国」の重大ニュースとして率直に歌った。そして二首目は、死を覚悟のうえで実行に移した青年将校たちに冷ややかに対した陸軍幹部たちへの揶揄だろう。詞書で事件詠であることが明示され、どちらも直截的な表現ではあるが、しかしなぜ雑誌が〈発禁〉処分にまで追い込まれたのだろう。

そもそも、明石海人が歌材とした七月の死刑判決とその執行について歌った歌人は少なかった。

一人一人銃《つつ》をそろへし目先《まなさき》に立ちしづけかりきしかく思はむ（執行）
直《ただ》に射《う》つ銃をそろへてありしとき兵らいづくをかねらひさだめし
銃殺の刑了りたりほとほとに言絶えにつつ夕飯《ゆふめし》を我は
［北原白秋「（題不明：引用者注）」「多磨」一九三六年八月号、多磨短歌会］

死刑執行せられし夫のあとを追ひて自殺せるよしの新聞をみて
夫のあと追ひて死にたる人の記事恐る恐るもいたみつつ書ける
この人にしてこの妻のあり声にだしてはばかりつつもたたへざらめや
［松田常憲「あけくれ」「短歌研究」一九三六年九月号、改造社］

北原白秋のほうは観念詠の連作であり、刑を執行される側／する側の双方を想像し、自分がその場に居合わせたかのような緊張感、そしてその後の脱力感を歌にしている。松田常憲は、内田守人や明石海人らが所属した歌誌「水甕」の選者だが、死刑執行そのものではなく、後日談に対する一般的な感想を歌っている。

これらと明石海人の発禁歌とは、やはり内容的に隔たりがある。明石海人の二首が死刑執行への異議申し立てのような内容であるため、検閲担当者の目に留まった可能性があるだろう。

加えて、荒波力は評伝『よみがえる〝万葉歌人〟明石海人』で、「明石海人」という筆名としか思われないこの作者を、当局が、二・二六事件の当事者に深い関わりをもつ人物――たとえば前川佐美雄か齋藤史――の筆名と考え、これらの歌を銃殺刑に対する強い告発ととらえたのではないか、と推測していた。(32)

前川佐美雄は、処刑された青年将校らとは直接的な関わりはないが、齋藤瀏とは「心の花」時代に面識があった。新しい方法による歌作を目指す前川に対し、齋藤瀏は理解を示し、歌集『植物祭』批評特集でも、「著者、佐美雄は私とは可なり古い歌仲間だ。心の花同人では僕が一番佐美雄を知つてをり、また知つてゐなければならぬ筈だ。佐美雄は歌才極めて豊かだ」と、親しみあふれる評を寄せていた。(33)前川佐美雄の評伝『歌の鬼・前川佐美雄』(34)を書いた小高根《おだかね》二郎によると、このころ齋藤瀏と史の父娘が置かれた状況に対して、前川佐美雄のこころは平静ではありえなかったという。

では、齋藤史はどうだったのか。一九三〇年前後(昭和初年代)、幼なじみの栗原安秀は、東京・渋谷の齋藤家に、日曜日になると「自分の家へ帰ってくるような「ただいまー」という調子で玄関から入って(35)」きていた。家族同然の気の置けない関係だったが、齋藤史は、栗原が、史らとの雑談とは別に、父・齋藤瀏とときに話し込む姿も目にしていた。そのような齋藤史は、やはり二・二六事件を歌わずにはいられなかった。明石海人の二首が〈発禁〉となった半年後、しかも同じ「日本歌人」に、齋藤史はこのような歌を発表した。

羊歯の林に友ら倒れて幾世経ぬ視界を覆ふしだの葉の色
春を断る白い弾道に飛び乗つて手など振つたがつひにかへらぬ
［齋藤史「濁流」「日本歌人」一九三七年一月号、日本歌人発行所］

「濁流」と題した九首のうちの二首である。しかしこれは〈発禁〉にはならず、そのまま掲載された。その理由には、この高度に抽象的な歌いぶりが、事件詠であることを韜晦したことと、また、刊行日が処刑の夏からほぼ半年を経ていたこともあったのだろう。齋藤史自身、これらの短歌が検閲で何らかの指摘を受けるのではないかと案じていて、のちに、「前川さんたちと一緒の歌誌に出す時に、まず出してみよう、通るかな、だった。（略）印刷になって通ったの。〝あら、出た〟と思いましたよ。それならそれで、これでいこう、と。純然たる記録じゃや、とても残せない(36)」とも回想している。言論が統制されていく状況下、「純然たる記録」、つまり明石海人の二首のような直截的な歌い方では、処刑された友人たちへの思いをつづった短歌は「とても残せない」という認識があったのだった。

しかもこの二首は、『新万葉集』にも掲載され、その折には「二・二六事件の後に」という詞書も添えられたが、やはり検閲を通過した。そして一九四〇年（昭和十五年）の第一歌集『歌集 魚歌』[37]にもこのような詞書とともに収録されている。

濁流　　　　　　　　昭和十一年

二月廿六日、事あり。友等、父、その事に関る。

羊歯《しだ》の林に友ら倒れて幾世経ぬ視界を覆ふしだの葉の色
春を断《き》る白い弾道に飛び乗つて手など振つたがつひにかへらぬ
濁流だ濁流だと叫び流れゆく末は泥土か夜明けか知らぬ
花のごとくあげるのろしに曳かれ来て身を焼けばどつと打ちはやす声

［前掲『歌集 魚歌』］

事件詠であることは明記しているが、抽象的な歌われ方であるため、その内容を深部まで読み取ることは難しい。しかし、特に一首目には齋藤史の決意が秘められている。常緑シダの通称は「うらじろ」であり、繁る葉裏は文字どおり白い。友らは弾丸に倒れたが、私の視界を覆うのは「しだの葉の色」だ――ということは、つまり白い葉＝彼らが潔白だったことを信じている、という告白である。

同じ「白」の色は、二首目にも受け継がれている。友らは「白い弾道に飛び乗って」、さわやかな笑みさえ浮かべ、手を振って行ってしまった。そしてついに帰ることはなかった。青春の思い出を断ち切られるかのような、悔やまれるような別れだったが、それでも彼らが「白」であることを信じる心がここにもある。

三首目には一転して、「濁流」「泥土」という言葉が使われている。「濁流だ濁流だ」と叫ばなければならないような時代が暗示されている。濁った色、そして流れの速さが伝わってくるが、行き着く先は明るい「夜明け」ではなく、さらなる泥沼かもしれないという危機感も感じられる。四首目は、「のろし」に引かれ、やってきて身を投じたところ、周囲から「どつと打ちはやす声」が聞こえてきたという。その声を上げているのは、事件の背景も本質もつかめないまま、表面だけを消化しようとしている〈国民〉でもあるだろう。

「耳」と「忿り」

読みようによっては齋藤史の作品こそ〈発禁〉となりそうな内容であるのに、なぜ明石海人の二首のほうが問題視されたのだろう。それを考える糸口として、齋藤史の父親・齋藤瀏の短歌を引用しておきたい。これらは、明石海人の二・二六事件歌発表の数カ月前に掲載されたものである。

悵々独り憐む

言ひつるは曲事《まがごと》ならねあわただしく手を口にあつる我となりしか
憤り胸に抑へつつ顧みて他を言ふわれを憐まむとす
眼を耳を口を塞ぎ居り三匹の猿を兼ねぬと慰めむかわれ

〔齋藤瀏「悵々独り憐む」「心の花」一九三六年五月号、竹柏会〕

衛戍《えいじゅ》刑務所に入る前の歌であり、見ざる聞かざる言わざるの「三匹の猿」の姿勢を保たざるをえない心境が歌われている。
その「耳」や、「憤り」に近い感情が、偶然にも明石海人の発禁歌の一連に登場していた。発禁となった「日本歌人」に掲載された十三首をすべて引用してみる。

七月

水上《みなかみ》に小魚孵りて村々の樹立に清き雨灑ぐなり
昼も夜もぽつねんとあく耳の孔二つそなはる我が不幸なり
隅もなき真昼の照りにひたむかふこの図太さは大地なりけり
あさましく昼を眠りて色変る海魚の肌のけうとさを見る
いつともなく我に似てきた木の椅子が今は傲然と我を見据ゑる

真昼にはパナマあたりに跨つて白い森林を大陸に見む
隣人が我をうとむは年久し今は命をみづからが悪む
昨日わが過ぎ来し空のひとところに今宵光るは何の星ならむ
星くらきこの大空に虹のごとわが吐く息は尾を曳きてゐむ
窓のない白牙の市街が現はれて海に半日君臨してゐる
活栓に堰きとめられし水勢のあてどもあらぬ我が忿りなり

二・二六事件

叛乱罪死刑宣告十五名日出づる国の今朝のニュースだ
死をもつて行ふものを易々と功利の輩があげつらひする

〔明石海人「七月」、前掲「日本歌人」一九三六年九月号〕

このなかで「耳」が歌われているのは、二首目の「昼も夜もぽつねんとあく耳の孔二つそなはる我が不幸なり」で、「耳の孔」が二つ備わった「我」にはさまざまな情報が飛び込んできて、それが「不幸」だという。また、十一首目の「活栓に堰きとめられし水勢のあてどもあらぬ我が忿りなり」という憤りは、何に対してのものかはわからないが、せき止められてはいるが収まりきらない「忿り」というものが歌われている。それに続けて「二・二六事件」の二首が置かれていたため、検閲担当者を加重な意味づけへといざなってしまったのではないだろうか。

以上は推測の域を出ないが、そもそも、明石海人はなぜこの二首を歌わずにはいられなかったのだろう。というのも、いわゆる時事詠――事件に即した短歌は、明石海人にはほかにほとんど見られないからである。(38)

「天刑」という概念

社会の動きに関心はあっても、眼疾の進行に加え、政情などはラジオで耳にするだけであり、情報を得ること自体が明石海人には何より難しいものだった。しかし彼は、ニュースで耳にしただけの「叛乱罪死刑宣告十五名」に鋭く反応して右の時事詠二首を作った。それは、「叛乱罪死刑宣告十五名」のなかに、自分自身も含まれているような感情に突き動かされたからではないだろうか。

明石海人は、自らの病を「天刑」と定義づけていた。

> 癩は天刑である。
> 加はる笞《しもと》の一つ一つに、嗚咽し慟哭しあるひは呻吟しながら、私は苦患の闇をかき捜つて一縷の光を渇き求めた。
>
> 〔前掲「白描」「自序」〕

「癩は天刑である」――その「天刑」の言葉は、詩の題名にもなっていた。明石海人は、一九三五年（昭和十年）から吉川則比古主宰の「日本詩壇」（日本詩壇発行所）に詩を投稿していたが、折しも二・二六事件のころ、「天刑」と題し、自らが「死刑囚」であるという詩を書いていた。

天刑

額の痣をおのれに識らず
愧なき言《ことば》を泉にかもす
（略）
わたしは穿たれる破戒僧。

牢獄《ひとや》の臭ひに齢は疲れ
声をゆがめて影は応《こた》へず
光を履いて微笑はかくれ
夢をつらねて鑰《かぎ》はうそぶく
失せた掌《たなご》を天日に向け

灰の中に瞳を索《さぐ》る
私は抛《な》げられた死刑囚。

［明石海人「天刑」「日本詩壇」一九三六年四月号、日本詩壇発行所］

一行目に「額の痣」という言葉がある。銃殺される「死刑囚」は、「額」の真ん中に黒点の標的を記された白布をかぶせられた。そのことを知っていたのだろうか、わが身に「額の痣」があると書きだしていることは、偶然ではあれ、暗示的でもある。齋藤史はのちに、「額の真中《まなか》に弾丸《たま》をうけたるおもかげの立居《たちゐ》に憑《つ》きて夏のおどろや(39)」と、栗原安秀の「おもかげ」を歌っていたが、この歌を予言するような表現でもあった。後半、すでに知覚を失った「掌《たなご》を天日に向け／灰の中に瞳を索《さぐ》る」とは、同年秋に失明するわが身の予言でもあり、最終行ではまさに自身を「死刑囚」と見なしていた。

このころから、明石海人のうちに「死刑囚」そして刑死というものが意識されていたため、二・二六事件の「叛乱罪死刑宣告」のニュースに鋭く反応したと推測できる。また、「叛乱罪」という言葉にも明石海人は特別な反応を示したと思われる。それは、次の一首があるからである。

まのあたり山蚕《やまご》の腹を透かしつつあるひは古き謀叛《むほん》をおもふ

〔前掲「翳」〕

初出は、「透かしつつ」の表記が異なるだけで、「まのあたり山蚕の腹を透しつつあるひは古き謀叛をおもふ」である（「日本歌人」一九三七年〔昭和十二年〕八月号）。斎藤茂吉の一九一三年（大正二年）の歌集『赤光』（東雲堂書店）に、「ゴオガンの自画像みればみちのくに山蚕殺ししその日おもほゆ」という歌があり、それを下敷きにしていると思われる。

目の前に野生の蚕があり、その腹を透かしながら、あるときにはふと「古き謀叛」を思うという。「謀叛」とは日本古代の「八虐」という律で、特に重く罰せされた罪の一つであった。国家に背く、また、臣下が主君に背くことであり、当然、療養所の家族主義や、『国体の本義』での「国の家」の民の位相とは相いれない概念である。一九三七年（昭和十二年）の作品だが、明石海人はここで、前年の二・二六事件を思い起こしたのかもしれない。

「謀叛」を犯した人物は、周囲の多数者から「狂」の行為を犯した人物と見なされた。二・二六事件で死刑判決を受けた青年将校らの行為も、当時の多数者からは「狂」者の行動と見なされていただろう。明石海人の内に、「狂」であるために多数者に対峙して死刑判決を受けた人々への連帯の思いがあったことから、このような歌も生まれたのではないだろうか。

齋藤瀏と史の父娘と交際が長かった前川佐美雄も、この刑死には反応を示していた。前出の小高根二郎『歌の鬼・前川佐美雄』によると、二・二六事件の青年将校たちの真夏の刑死に対し「その衝撃にたじろいだ」とあり、次のような短歌は、刑死という「絶体絶命の瞬間の恐怖」を「極限の心象風景として描い[40]」たものだったという。

涙こそ清らにそそがれ死にゆける若き生命《いのち》にしばしかたむく
崖の裂目に圧《お》しつぶれ死ぬ夏の日の炎天の花は顫《ふる》へさせてみよ
泣きの眼に見すくめられて顫へをる野朝顔のはな我もまぶしく

［前川佐美雄『大和』甲鳥書林、一九四〇年］

「死にゆける若き生命《いのち》」に、あるいは、顫え咲く無心の「野朝顔のはな」に、青年将校たちと年齢の近い前川佐美雄も共感を示していた。小高根二郎はその心を、「時代が当面した悲劇の共演者としての、シンパシイ」と述べたが、明石海人にもそのような共感や連帯の思いが、「狂」というものを通して存在したのではないだろうか。

明石海人の戦争詠

精神の自由を求めて〈幻視〉という生を生きた明石海人の晩年は、戦争の時代と重なっていた。歌集『白描』が刊行された一九三九年（昭和十四年）二月には、すでに国家総動員法も施行され、療養所の職員らにも召集令状が届くようになっていた。失明し、重症者が暮らす不自由者寮に身を移していた明石海人は、戦争の時代をどのように歌っていたのだろう。

　　南京陥落
　日支事変酣に職員看護婦など相つぎて出征す
世は今し力を措《お》きて事は莫しますらを君を往けと言祝《ことほ》ぐ
顧みて惧れなけなくに盲我戦況ニュースをむさぼり聴きつつ
南京落城祝賀行進の日取のびて固くなりたる饅頭をいただく
　島にも防空演習の行はれて
鳴りいづるサイレンに次ぐ非常喇叭やがて外面《とのも》に足音さわぐ
［前掲「白猫」］

　タイトル「南京陥落」から、一九三七年（昭和十二年）末ごろの作と思われる。『白猫』に見られる戦争詠はこの四首だけであり、ほかには詞書に「防空演習」の語が見られるだけである。二首目の、病のわが身を顧みるに、おそれかしこまるばかりであるという心境は、第1章第3節で見た、自分たちの代わりに前線に赴く職員や看護師たちに対する負い目のような複雑な感情であるだろう。
　ところで、明石海人（野田勝太郎）の年譜に、徴兵検査のことは書かれていない。同じ療養者だった光岡良二も、そのことに気がついていた。

二十一才で結婚というくだりを読んで、私に直ぐ浮かんだのは、彼の兵役関係はどうだったのだろうという疑問であるが、評伝はそのことにふれていない。海人は五尺八寸もの長身で堂々たる体軀の持ち主で、学生時代には棒高跳の選手として県大会に首位優勝したこともあると伝えられていることからも、徴兵検査甲種合格という連想が私などの世代の者には浮かぶのである。

〔光岡良二「幻の明石海人」[41]〕

「甲種合格」だったかどうかは想像するだけだが、年譜によると明石海人は、一九二〇年（大正九年）に静岡師範学校本科を卒業している。当時は兵役法制定以前の「徴兵令」の時代であり、師範学校の卒業者は、兵役制度では優遇されていた。食費などの費用を負担すれば、通常三年間の兵役を一年間に短縮することができる「一年志願兵制度」があったのである。その特権的な制度は一九二七年（昭和二年）の兵役法によって廃止されたが、その優遇措置の利用は合法的な「徴兵忌避」ともいえるものであった。

「非国民文学論」を論じるならば、総力戦体制下ではおそらく最も「非国民」的存在である徴兵忌避者の生を見過ごすことはできない。次章では、「徴兵忌避」者の生を考察していきたい。

注

（1）松村好之『慟哭の歌人――明石海人とその周辺』小峯書店、一九八〇年、一一ページ
（2）尾山篤二郎「建国祭行進 独歩・龍之介・新万葉集」「短歌研究」一九三八年三月号、改造社
（3）初出は「新潮」（新潮社）の一九五五年二月号（のち大岡信／塚本邦雄／中井英夫編『現代評論集』〔「現代短歌大系」第十二巻〕、三一書房、一九七三年、に所収）。伊藤整は、私小説的な読みができる療養者の作品に深い感動を示した一方、療養所の制度改善を要求するような社会詠からは「公式的な評論の発想を受け」るとして、社会詠の難しさについての問題も提起していた。
（4）前掲『愛生園日記』一五五ページ
（5）村松武司／双見美智子／山下道輔／岡野久代／皓星社編集部編『海人全集』下（皓星社、一九九三年）の扉写真参照。
（6）窪田空穂『短歌随見』紅玉堂書店、一九二四年
（7）前掲『海人全集』下、六一三―六四六ページ
（8）内田守人「海人の巨匠的おもかげ」「短歌研究」一九三九年八月号、改造社
（9）村松武司／双見美智子／山下道輔／岡野久代／皓星社編集部編『海人全集』別巻、皓星社、一九九三年、四一八ページ
（10）前掲「海人の巨匠的おもかげ」
（11）前掲『海人全集』別巻、二〇―二五ページ
（12）同書二六―二九ページ

（13）同書一〇六―一〇七ページ

（14）三枝昂之『前川佐美雄』（五柳叢書）、五柳書院、一九九三年、一〇五ページ

（15）当時の『プロレタリア短歌集』に、前川佐美雄は次のような短歌を発表している。

　ルラは廻るミキサは進む七月の炎天下の工事はいま遮二無二だ

　会場にはいりきれず街頭になだれうつ群衆の波ははげしく歌ふ

（渡辺順三編『プロレタリア短歌集――一九二九年メーデー記念』紅玉堂書店、一九二九年）

（16）「心の花」一九三〇年七月号、竹柏会（前掲『前川佐美雄』所収、一〇五―一〇六ページ）

（17）前掲『植物祭』

（18）前川佐美雄「明石海人と『日本歌人』」「日本歌人」一九三九年八月号（前掲『海人全集』別巻所収、一七二―一八二ページ）。

（19）内田守人「明石海人」「文芸」一九三九年八月号、改造社（同書所収、一八八ページ）

（20）歌集『白描』のあとがき「作者の言葉」に、明石海人はこう記していた――「日本歌人社の前川佐美雄氏は癩者の私を人間として認めて呉れたのみならず、何時も勁《（ママ）》り励まして下すつた温かい御気持には感謝の言葉もない」。同人となってから四年間、明石海人は「日本歌人」に欠詠することはほとんどなく、最期まで作品を送りつづけた。そもそも歌集『白描』という題は、「日本歌人」一九三八年二月号（日本歌人発行所）に掲載された十六首の題であった。

（21）初出は「短歌」（角川書店）の一九六四年四月号（大岡信／岡井隆／佐佐木幸綱監修、篠弘／北嶋廣敏／塚本青史／島内景二／堀越洋一郎編『塚本邦雄全集』第九巻所収、ゆまに書房、一九九九年、九八―一一二ページ）。

(22) 明石海人「軌跡」「日本歌人」一九三七年四月号、日本歌人発行所
(23) 明石海人「〇」「日本歌人」一九三六年十二月号、日本歌人発行所
(24) 明石海人「錆」「日本歌人」一九三七年十二月号、日本歌人発行所
(25) 前掲『慟哭の歌人』四九ページ
(26) 前掲『海人全集』下、六五四―六五六ページ
(27) 前掲『慟哭の歌人』五一―五五ページ
(28) 荒波力『よみがえる〝万葉歌人〟明石海人』新潮社、二〇〇〇年、一六二―一六三ページ
(29)「基督教曙教会 明石海人」の名で発表された詩。
(30) 前掲「軌跡」
(31) 柳田新太郎編『短歌年鑑 第一輯』改造社、一九三八年
(32) 前掲『よみがえる〝万葉歌人〟明石海人』二二八ページ
(33) 前掲『前川佐美雄』一六八ページ
(34) 小高根二郎『歌の鬼・前川佐美雄』(ちゅうせき叢書)沖積舎、一九八七年、二〇三ページ
(35) 齋藤史『遠景近景』大和書房、一九八〇年、二〇七ページ
(36) インタビュー「ひたくれないに生きて」(『〔同時代〕としての女性短歌』〔「Bungei special」第一巻〕所収、河出書房新社、一九九二年、一七二ページ)。なお、齋藤史は明石海人と文通などをしたこともなく、「二・二六事件に関する勝太郎〔明石海人：引用者注〕の歌が載ったことも、この号が発禁になったことも知らなかった」という(前掲『よみがえる万葉歌人 明石海人』二三〇―二三一ページ)。

（37）齋藤史『歌集 魚歌』（「新ぐろりあ叢書」第十四巻）、ぐろりあ・そさえて、一九四〇年

（38）「日本歌人」では、イタリアがエチオピアに侵入した国境紛争を歌材とした歌を一首寄せていた程度である。

伊エ紛争

アイーダの歌ものがたり杳《はる》かにて砂漠の国は亡ぶ時に知らる

（明石海人「新緑」「日本歌人」一九三六年七月号、日本歌人発行所）

（39）前掲『歌集 魚歌』

（40）前掲『歌の鬼・前川佐美雄』二〇三―二〇四ページ

（41）光岡良二「幻の明石海人」、前掲『海人全集』別巻所収、三六三ページ

第3章　〈漂流〉という生――『詩集　三人』と『笹まくら』

1　「個」としての家族――金子光晴『詩集　三人』

〈徴兵忌避者〉の存在

明石海人は、脱出不可能な療養所のなかで精神の自由を求めた。同じように一九四〇年前後（昭和十年代）の徴兵適齢者のなかには、脱出不可能な国家そして戦時体制からの、身体的・精神的自由を求めた人々も少なからず存在したはずである。しかし、国家と戦時体制に背を向けて〈徴兵忌避者〉として生きることは、逆に身体的・精神的な不自由を引き受けることにもなり、家族など多くのものを犠牲にせざるをえないという逆説が伴っていた。

徴兵忌避者と家族、そして国家との関わりを考察する格好のテクストとして、金子光晴の『詩集三人』[1]と、丸谷才一の小説『笹まくら』がある。

まず、徴兵忌避に関して兵役法には次のような条文があった。

「第七十四条 兵役ヲ免ルル為逃亡シ若ハ潜匿シ又ハ身体ヲ毀傷シ若ハ疾病ヲ作為シ其ノ他詐偽ノ行為ヲ為シタル者ハ三年以下ノ懲役ニ処ス」

「逃亡」や、身体の毀傷、疾病の作為などをした者は「三年以下ノ懲役」に処するという罰則規定である。実際に、一八七三年（明治六年）の徴兵令布告以来、逃亡などを試みた徴兵忌避者は少なくなかった。

菊池邦作『徴兵忌避の研究』[2]には、明治期に徴兵適齢期の二十年間を逃亡しつづけ、召集対象年齢を超えた後に社会復帰した人々もいたことを書いている。また具体的に、一九一六年（大正五年）から三六年（昭和十一年）までの、徴兵を忌避して逃亡などをした人数も記している（表1）。三七年（昭和十二年）以降、つまり支那事変以降については記録は公示されていないが、三六年（昭和十一年）当時でも全国で二万人近い「逃亡者」が存在していたことがわかる。

懇意の軍医と相談して不合格にするなど、ある種合法的な徴兵忌避もおこなわれていて、それらについては戦後に多くの証言もなされている。[3]なかでも詩人・金子光晴は息子の乾《けん》を徴兵忌避させたことについて詩作品などで繰り返し語っている。

表1 「徴兵ヲ忌避シ逃亡若クハ身体ヲ毀損シ又ハ詐欺シタル者」

	逃亡者（全国）			徴兵忌避者（全国）				
	逃亡し所在不明のため徴収し得ざる人員	当初初めて生じた		身体を毀損し疾病を作為し又は傷痍疾病を作為した者		逃亡又は潜匿した者	計	検査人員1,000分比
		人員	当年適齢者1,000分比	人員	検査人員1,000分比			
大正	人	人	%	人	%	人	人	%
5年	44,456	2,433	5.0	－	－	－	－	－
6	42,813	2,628	5.2	692	1.407	1,124	1,816	3.693
7	41,820	2,803	5.4	578	1.137	865	1,443	2.840
8	39,542	2,683	5.3	883	1.792	900	1,783	3.619
9	37,928	2,609	5.0	587	1.119	858	1,445	2.755
10	36,717	2,671	4.8	396	0.714	688	1,089	1.955
11	34,900	2,369	4.2	432	0.773	497	929	1.665
12	33,674	2,217	4.0	486	0.877	370	856	1.544
13	32,513	2,266	4.2	790	1.485	344	1,134	2.132
14	31,619	2,112	4.0	419	0.803	303	722	1.383
昭和								
1年	30,618	2,075	3.8	319	0.612	179	498	0.955
2	30,525	2,217	3.7	302	0.520	203	505	0.869
3	25,623	2,253	3.7	333	0.585	209	542	0.953
4	24,606	2,159	3.4	389	0.654	178	567	0.968
5	23,788	1,985	3.1	408	0.736	139	547	0.969
6	23,513	1,916	2.9	474	0.766	99	573	0.925
7	23,293	1,968	3.0	363	0.584	96	459	0.733
8	22,245	1,912	2.9	222	0.352	84	306	0.485
9	22,151	1,832	2.7	359	0.559	58	417	0.650
10	22,096	1,883	2.9	148	0.229	133	278	0.423
11	20,283	1,649	2.5	82	0.130	70	152	0.241

（出典：菊池邦作『徴兵忌避の研究』〔立風書房、1977年〕183ページ）
注：大正5年＝1916年、昭和元年＝1926年

国家による軍隊への「隔離・収容」

金子光晴と妻の作家・森三千代との一人息子・森乾が徴兵検査を受けたのは、一九四四年（昭和十九年）四月だった。戦局の悪化もあり、徴兵年齢一年繰り下げの決定を受けての検査だった。

幼いころから病弱で、慢性気管支カタルを病んでいた森乾だったが、結果は第二乙種合格だった。伝え聞く戦況も重苦しいものばかりであり、金子光晴は息子の徴兵検査を何よりも心配していた。次の詩にそれが具体的に描写されている。

子供の徴兵検査の日に

癩の宣告よりも
もつと絶望的なよび出し。
むりむたいに拉致されて
脅され、
誓はされ、
極印をおされた若いいのちの
整列にまじつて、

僕の子供も立たされる。
（略）
父は、遠い、みえないところから
はらはらしながら、それをみつめてゐる。
（略）
子供がゐなくなつては父親が
生きてゆく支へを失ふ、その子供を
とられまいと、うばひ返さうと
愚痴な父親が喰入るやうに眺めてゐる。

［金子光晴『詩集 蛾』北斗書院、一九四八年］

一、二行目の「癩の宣告よりも／もっと絶望的なよび出し」という表現がまず注目される。第1章と第2章で見てきたように、ハンセン病罹患を宣告されることは患者にとっての三大受難の一つであり、「人間の類を遂《お》はれ」（明石海人の短歌）る思いに至るほど絶望的な出来事だった。ところが、それを超えるほどの「もっと絶望的なよび出し」として、金子光晴は息子の徴兵検査をとらえていたのである。それはつまり、国家がハンセン病罹患者を国立療養所に収容しようと試みたように、国家が、息子を軍隊に隔離・収容しようとしているという認識であった。

「家族」として、息子を徴兵忌避させた金子光晴

検査の後、金子と妻・三千代と乾の三人は、空襲を逃れて山梨県山中湖畔に疎開した。その疎開先に、一九四五年（昭和二十年）三月、召集通知が届いた。金子は息子を病者に仕立てて徴兵忌避をさせることを決意し、疎開先の医師に診断書をもらい、時間を稼ぐなかで息子の気管支喘息の発作を誘発させた。

息子を徴兵忌避させるという国家に背く行動をとったのだが、しかし彼はたった一人で画策していたのではなかった。自伝的手記『詩人』に「戦争中のほぼ十年ほどのあいだほど、僕らの家が結束していたことはない(4)」という回想もあるように、戦争末期、金子の家族三人は結束して一つの「個」のようになっていたのである。

金子光晴が戦時下に書き継いだ詩は、戦後刊行の、「戦時下三部作」と呼ばれる『落下傘』（日本未来派発行所、一九四八年）、『詩集 蛾』（北斗書院、一九四八年）、『鬼の児の唄』（十字屋書店、一九四九年）という三冊の詩集に収められている。さらに、戦争末期の未発表詩が「群像」二〇〇七年十月号(5)に掲載された。原満三寿の解題「家族愛を紡いだ金子光晴手書き私家版『詩集 三人』」によると、『詩集 三人』は、一九四四年（昭和十九年）十二月、山梨県山中湖畔の平野村に妻子と三人で疎開してから、終戦までの間に書かれた家族詩集で、B6判約二百ページの手書きノートである。内容は、未発表詩が十六編、『金子光晴全集』などに発表ずみの詩が八編、そして妻・三千代（作

品中のチャコ）が書いた詩九編、息子・乾（作品中のボコ）が書いた詩五編だという。
発表のあてもなく書いたそれらの詩には、国家を挙げての戦争に対して自分が守るべきもの、そして遠ざけるべきものを具体的に表現していた。

赤倉のおもひで

ボコよ。この高さまでは、
さすが戦争も届かないよ。
海底から錨をひきあげるやうに、
われわれは自個をひきあげる。

（略）

あゝ首でもすげかへたやうに
こゝの風物は新鮮ではないか
こゝではまだあの汚れた観念に
しみついたものはなにもない。
日本だとか。国のほこりとか、神とか。
まして、殉国とか。報公とか。

霧のどこかで杜鵑が鳴き、
晴間から照返す金の柄鏡——芙蓉湖。

［金子光晴／森三千代／森乾『詩集 三人』講談社、二〇〇八年］

「赤倉」とは妙高高原の赤倉温泉のことだろうか。旅先にあって、視線は「錨をひきあげるやうに」、高く見晴らしがいいところに移されている。その折の風通しのよさと解放感を、「あゝ首でもすげかへたやうに／こゝの風物は新鮮ではないか」とうたっている。戦時であっても、まだ汚れなく「新鮮」なものが残っていることの発見だろう。

そして最終連に、自分たちにとっての遠ざけるべき対象を具体的に挙げている。それはすなわち「日本」「国のほこり」「神」であり、また、それらの要請による「殉国」や「報公」といったものである。それらから、「われわれ」の「自個」を守ろうというのだ。

最終行、視界にはまだ霧はかかっているが、雲の「晴間」から一筋の光明が差している。それを近代国民国家からはるか離れた時空からの、原初的な光と読み取ることもできるだろう。

金子は、遠ざけるべきもの、拒否すべきものについて、同じく『詩集 三人』所収の「青の唄」で、より明らかにつづっている。

青の唄

青ぞらのなかの
青い富士。
希臘《ギリシャ》の神々のならぶ
富士。
（略）
僕ら三人は肉体を
明るい精神に着換へる。
光で織った糸の
玉虫いろの衣。
僕ら三人は、この世紀の
　惨酷な喜劇を傍観する。
僕らはもう新聞もいらない。
それは遠くを霞ませる
青一いろ。——おゝ、国よ。

この三人を放してくれ。

国籍から。
法律の保護から
国土から。
僕ら三人を逐ってくれ。
あの青のなかに
永遠にとけてゆくため。

もしくは三輪の小さな
をだ巻の花となるため。

日本を象徴する「富士」だが、彼ら親子三人にとってはそうではない。「希臘《ギリシャ》の神々のならぶ」富士なのである。肉体は日本にありながら、精神は自在に日本を超越していることがうかがえる。そのうえで、「肉体を／明るい精神に着換へる」という。「玉虫いろの衣」に身を包み、ある種のカモフラージュを試みながら、三人は戦争の世紀の「傍観」者になろうと心を決めている。「僕ら三人は、この世紀の／惨酷な喜劇を傍観する」とあるが、悲劇ではなくあえて「惨酷な喜劇」と表現したところに、金子光晴のシニカルなまなざしがある。

肉体を離脱して精神的「傍観」者となったとき、美しい「青」が迫りくるが、その「青」は、自由という言葉の象徴なのだろう。そのうえで、遠ざけるべきものの筆頭に、この詩では「新聞」が挙げられている。新聞紙法のもとに発刊された新聞は、特に戦争末期は官製の公器にほかならなかった。単に情報を伝える公器を不要としているのではなく、官製の報道であるならば不要、と突き放しているのである。

さらに、「国」「国籍」「法律の保護」「国土」から、われわれ親子「三人を逐ってくれ」——抛擲してほしい、と願っている。それは青い、「希臘《ギリシャ》の神々のならぶ／富士」に永遠に溶けていくため、あるいは青紫色の小さな「をだ巻の花」になるためである。「逐ってくれ」と、あえて追放を願っているのは、追放譚が多いギリシャ神話にイメージを得たからでもあるが、国土からの追放願望は、すなわち戸籍簿からの追放願望でもある。それは言い換えるなら、国に縛られない漂流者としての生を選び取ることであった。戸籍簿から離脱し、〈漂流〉という不安な生を送ることになっても、第一に守ろうとしたものが自身の「家族」だったのである。

「戸籍簿」からの追放を求めて

それまで、金子光晴は自身の「家」や親子三人にはそれほど執着していなかった。前出の『詩人』にも「家というものに僕は、それほど執着をもっていない。何度も家をつくり、それをこわしてきたためにそうなるのかもしれない」（二〇一ページ）という記述があるように、幼少時に生家を離れて養子となり、養父の病没後には遺産をめぐって親族の不協和を体験した金子には、「家」は執着する対象ではなかった。そのような金子に対し、多くの「文化人」たちは「家」の観念を多分にもっていたために、一九四〇年前後（昭和十年代）にはそのままそれが「国家」の観念にすり替えられていったと鶴岡善久は分析している。

金子光晴はおよそ「こがね虫」の時代から「家」というわが国の伝統的な思想とは、きわめて無縁の存在であったはずである。ところでこの「家」という観念を意識するとしないとに関わらず、かなりもっていた当時の文化人たちは、この「家」の観念が軍部のてこ入れによって容易に「国家」の観念にすりかえられていってしまった。この「家」から「国家」へのすりかえの過程で、彼らの肉親的自己へのエゴイズムは、当然根こそぎに払われてしまった。

〔鶴岡善久『太平洋戦争下の詩と思想』[6]〕

鶴岡は続けて、金子の戦時下の「「家」観は他の文化人たちのように「国家」という観念に移行してゆか」ず、「あくまで「家」におけるエゴイズムにとどま」ったことを指摘した。そして、『詩人』の冒頭の「なんの用あって、この世に僕が生をうけたのか、よく考えてみると、いまだによくわからない」という一文から、金子光晴が「無用者」意識をもっていたと分析し、次のように続けた。

無用者にとってはつかえるべき「国家」などまったく不要である。金子の「家」的エゴイズムが「国家」的全体主義にまで連結してゆかないのはまさにここにかかっているのではなかろうか。

〔同書〕[7]

この「無用者」意識は、戸籍簿から追放されて漂流者として生きる者の意識であり、非〈国民〉の意識と換言できるものでもある。

文部省の『国体の本義』が「我が国民の生活の基本は、西洋の如く個人でもなければ夫婦でもない。それは家である」と規定した際、「西洋の如く個人でもなければ夫婦でもない」[8]と、注意深く欧米諸国の発想を排除したのは、欧米の個人主義の発想がそれだけ日本に浸透しつつあったことを同時に語ってもいる。

個人主義が排された時代に、金子光晴は、自身の「家」＝家族三人＝を「個人」と見なした。日本という国家を支えるはずの「家」を、三人が一体化して「国の家」に対峙しながら生きたところに、金子光晴という詩人の独特な存在を見ることができる。

金子光晴の「家」と「国の家」との対峙

また、「召集」という詩では、自身の行為をはっきり「非国民」と記しているところも注目される。

召集

非国民の父は、窓をしめきり、
松葉で子をいぶしたり、
裸にした子を庭につき出し、
十一月の長雨にたゝかせたり、
つまり国家が役に立たせる前に、
わが手で片づけてしまふことで、
せめてもの自主を守らうとした
あゝ、そんな悲痛なけふきのふ。

子は、衰へて眠る。夜もふけて、

父は、子のそばで紅茶をいれる。
バランスのこはれたこの時代を
破れたカーテンで遮断しておいて。

［金子光晴著、村野四郎解説『金子光晴詩集』（角川文庫）、角川書店、一九五四年］

喘息の発作を誘発させた当時のことについては、息子の森乾自身が回想して「金鳳鳥」[9]という小説を発表していて、そこには、親戚からも「非国民」という言葉を投げかけられていたことを書いている。

金子光晴の実妹の夫であり実業家から代議士に転身した人物から、金子や森三千代の言動は「非国民だね」と半分ちゃかすように言われていたのである。

また、親子三人とも、自分たちが少数者であることを自覚しながら戦時を生き抜いていたことも書いていた。

たとえば、疎開先の家の大家に森三千代は、乾について「徴兵にも応じられない不治の持病持ちで、不本意ながら、この国家危急の非常時に祖国に貢献できず焦燥にかられている」[10]などと長い時間をかけて境遇を説明し、徴兵忌避だと危ぶまれないよう布石を打っていた。家族三人がそれぞれ、自分たちが大多数の〈国民〉に対して少数者、特に漂流者としての不安な生にあることを自覚していたのである。

「金鳳鳥」のなかで、金子光晴をモデルとした「晴久」という人物は、日々、発表のあてもない詩を書きつづけている。「晴久一家は六畳間の一つしかない切りごたつに、朝から晩までもぐりこみ、顔と顔をつき合せてすごした。晴久は、ノートを拡げ、こたつの上の机にしきりに何か書いて日を送っていた[11]」という描写があるが、実際、一九四二年（昭和十七年）七月に「中央公論」（中央公論社）に「海」を発表した後、金子の詩が活字になったのは、「歴程」（歴程社）などの同人誌に掲載された数編しかなかった。『詩集 三人』の詩は、六畳間に引きこもり、息子を兵役につかせず、家族三人で生き延びるために書いた私的な詩だった。

戦時下の金子光晴の詩について、石黒忠は、「生きのびることが闘いであった時代に、まさに生きのびるために書かれた作品群[12]」と評している。金子光晴にとっては、戦争末期に〈書く〉という行為は、詩人として、夫として、父として、そして非国民として生きることであった。

鶴岡善久の『太平洋戦争下の詩と思想』や桜本富雄『空白と責任[13]』などでは、金子が一九三八、三九年（昭和十三、十四年）に書いた時局迎合的な詩や、四三年（昭和十八年）刊行の児童向け読み物『マライの健ちゃん』（中村書店）の存在に言及している。それらを経ての四五年（昭和二十年）の『詩集 三人』は、国家や戸籍簿から離脱して〈漂流〉し、非国民として生きる道を選んだ決意の詩でもあるだろう。

その生き方は、次節から見る小説『笹まくら』の作中主体が、決して「英雄」ではなく、徴兵忌避者として〈漂流〉しながら戦中—戦後を生き抜いたこととも重ね合わせることができる。

2　徴兵忌避者の生――丸谷才一『笹まくら』

徴兵忌避者は「英雄」か

金子光晴の息子・乾と丸谷才一は同じ一九二五年（大正十四年）に生まれた。四五年（昭和二十年）三月、乾に召集通知が届けられた同月に、旧制高校在学中の丸谷才一にも召集通知が届けられていた。乾は、前述のような経緯で入営しなかったが、一方の丸谷才一は山形の連隊に入営した。

徴兵令が布かれてから敗戦の日までの長い歳月のあいだ、日本の青年たちの夢みるもっともロマンチックな英雄は、徴兵忌避者であった。彼らはみな、この孤独な英雄の、叛逆と自由と遁走に憧れながら、しかし、じつに従順に、あの、黄いろい制服を着たのである。そう、ぼく自身もまた。

〔丸谷才一「作者のことば」、前掲『笹まくら』〕

「孤独な英雄」としての「徴兵忌避者」の生、そしてその家族と国家との関わりが、丸谷才一の小説『笹まくら』には巧みに描き出されている。

『笹まくら』は、書き下ろし長篇として一九六六年七月に河出書房新社から刊行された。戦後二十年を経て四十五歳となった「浜田庄吉」の視点から語る物語であり、浜田は二〇年（大正九年）生まれ、四〇年（昭和十五年）から敗戦までの約五年間を徴兵忌避者として生きた人物として描いてある。

背景を追って説明するなら、浜田庄吉は、東京・山の手の開業医の長男として生を受けた。母は軍医少将の娘であり、四歳上の姉と、年が近い弟の五人家族という設定である。旧制の官立高等工業学校の無線工学科を卒業した後、小さな無線会社に勤め、そのときに徴兵検査を受けた。支那事変下の一九四〇年（昭和十五年）のことで、十分に健康な身体にめぐまれた浜田は「甲種」合格になり、そして同年十月に召集令状を受け取った。

赤坂の三連隊に明朝十時に入営と決まり、母が何品もの手料理を準備している夕刻、浜田庄吉はひそかに家を抜け出す。宮崎行きの切符を手に、一人、東京駅へと向かったのである。

浜田庄吉と関係のあるものはみな、貯金通帳も、印鑑も、セーターも、ズボンも、あのトランクのなかへ捨てられてしまった。この黒っぽいトランクのなかのラジオの修理道具だけは、今まで使っていたものだが、浜田という名はどこにも書いてない。そう、ぼくはもう杉浦健次だ。（略）

車が淡いたそがれの東京駅に着いた。彼は宮崎ゆきの切符を財布から出し、改札口を通った。

さようなら、さようなら。彼は二列に並んでいる長い行列の末尾につき、貧しい身なりの群衆のなかの一人となって待った。さようなら、さようなら。行列が進み出し、駅員が叫び、そして人々は走り、彼もトランクをさげて走った。さようなら。しかしそれが何に対する、どれほど決定的な別れの挨拶なのかは、二十歳《はたち》の若者にはまだよく判っていなかった。

［前掲『笹まくら』四一八ページ[14]］

「二十歳の若者」は、故郷を離れ、誰一人知る者がいない九州に向かった。宮崎から鹿児島へ、そして翌年になって東北へと移動する道中、大人びた顔立ちの青年は、一九一四年（大正三年）生まれの〈杉浦健次〉というラジオ修理工として存在していた。その後の彼の生活は、逃亡というよりも、放浪の職業人だった。

「定住性のない」職業

たとえば、秋田では時計屋に住み込み、時計の修繕の技術を身につけた。北陸に渡ってからは砂絵師に出会い、その技術を教わり砂絵を描く香具師《やし》となった。一九四一年（昭和十六年）十二月、大東亜戦争開戦のころには、香具師の合間に修理工として働く青年として伊豆へ行き、その後、下関から朝鮮半島に渡って釜山や京城に職を求めた。しかしさほど儲けがないため、次は北海道に渡り、香具師として函館、札幌、旭川を流浪する。再び本州に渡り、和歌山、米子へと着いたころには四三年（昭和十八年）になっていた。

憲兵の目をおそれながらも、東京の高等学校出という雰囲気を周囲には悟らせず、時折、人に召集について尋ねられても、徴兵検査で「第三乙ですから、まあ大丈夫だとは思いますけれども」（八七ページ）と、実際の甲種合格を隠し、「第三乙種」なので召集はないだろうとかわしていたのだった。

ここで、逃亡中の〈杉浦健次〉が砂絵師＝香具師という、定住しない職業を選んだことに注目したい。池澤夏樹は、「丸谷才一は『笹まくら』の杉浦健次にラジオ修理と砂絵屋という具体的な職業を与えることで、彼を単なる反戦の英雄から現実味のある若者に変えた[15]」と複数の具体的な職業を与えたことを評価したが、特に砂絵を描く香具師という、日本各地を移動して生きる職種は、徴兵を逃れて生きる〈杉浦健次〉が選ぶべき職業でもあった。

五年という長い年月を徴兵忌避者として逃亡しつづけた〈杉浦健次〉にはモデルがいた。山村基毅が丸谷才一にインタビューをしたところによると、丸谷は「昭和二十四、五年頃」「徴兵忌避をして日本全国、朝鮮半島まで逃げ回った」人物に出会ったのだという。しかし、具体的にどのような土地で、どのような職業についていたかは問うても答えは返ってこなかったという。そこで、〈杉浦健次〉の職業については丸谷自身が考えをめぐらせて決めたのだった。


逃亡中の職業などは、どうやって決めたのですか？

「あれは非常に苦心したところでして。とにかく定住性のない、他人に尊敬されない、そして日銭が入る生業はないか、と。（略）当然十通りくらいは様々な職業を思い浮かべていた。でも、これだというものがなくてね。ある日、街で偶然に砂絵を描いている人を見たんです。すぐに、これだ、と。その人のところに行っていろいろと教えてもらいました」

〔山村基毅『戦争拒否』[16]〕

「定住性のない」職業であることを第一とした発想だったが、香具師など各地を渡り歩く職業は、人々を定住して生活を営む〈国民〉として管理したい国家にとっては把握しがたい存在でもあった。有事の際の召集事務に支障をきたす原因になったからである。〈杉浦〉＝浜田が徴兵検査を受けた総力戦の時代には、戸籍をもとに兵たる壮丁の身体が把握されていた。兵役法にも次の条文がある。「兵役法第六十九条　市町村長ハ兵役（第二国民兵役ヲ除ク）ニ在ル者ニ付命令ノ定ムル所ニ依リ其ノ戸籍ノ欄外ニ兵役ノ略符号ヲ附スベシ」

そもそも徴兵検査は、「戸籍法ノ適用ヲ受クル者」（兵役法第二十三条）が受けるもの[17]であった。戸籍には「兵役ノ略符号」を付して、召集対象かそうでないかが一目でわかるように事務の簡略化を図ってもいた。つまり、戸籍のもとに定住する身体が、「国の家」の民には求められるものだった[18]。

徴兵忌避とは、そのような定住する身体を拒否し、共同体から離れた身体を示すものでもあり、高橋英夫はそこに「故郷喪失」[19]者としての姿も重ね合わせている。砂絵師が描く図柄は、「富士山に三保の松原、梅に鶯、臥竜の松に丹頂鶴」（一一〇ページ）など、いずれも様式化された図柄である。「定住民や警察から奇異の目をとめて見られるような不安な図柄を描いて砂絵を売ることは不可能」（一一〇ページ）なため、決まりきった類型の図柄を踏襲する砂絵師は、個々人の故郷の風景は描かない。故郷をもたない、あるいは故郷を捨てて漂う職業は徴兵忌避者〈杉浦健次〉にふさわしいものであった。

故郷を失い、炭坑などで身を潜めるように労働する人々もいた。『笹まくら』には、〈杉浦健次〉がそのような闇の仕事に誘われる場面もある。倉敷で子どもたちを前に〈杉浦〉が砂絵を描いていると、黒服の、分厚いレンズの眼鏡をかけた猫背の男が声をかけてきた。刑事ではなさそうだが、〈杉浦〉の正体を嗅ぎ当てようとするかのように、しきりに生まれや年齢などを質問するのだった。高級たばこである「桜」をくゆらす男は「朝比奈恵一」と名乗り、やがて本題を口にした。九州の炭坑労働に〈杉浦〉を誘ったのである。

「……人殺しや強盗をして逃げてる連中も、来て働いている。炭坑のなかなら安全だということもあるがね。移動申告なしでも、たらふく飯が食えるし。何しろ特配がたっぷりあるから。それに、徴兵忌避も大勢いる」

その「徴兵忌避」という言葉を耳にしたとき、浜田は自分でも意外に思うくらい冷静に、いつも考えていた通りに振舞うことができた。彼は問い返した。

「何ですか？　その、キヒというのは」

（略）

「つまり石炭会社は、そういう奴らをかくまって……」

「御奉公させてるわけだな。祖国のためにもなるし、連中だって罪のつぐないができて気が安まる。憲兵に渡したところで、何の役にも立たない」

（一〇一―一〇二ページ）


犯罪にからむ闇を背負った人々と「徴兵忌避」者とが、九州で炭鉱労働にともに携わっていることを思わせるくだりである。

「敵」としての日本国家

『笹まくら』上梓後、丸谷才一はそのモデルとなった人物に〈杉浦健次〉の逃亡中の記述について感想を求めたことがあったという。

作品に対しては、モデルの方は何か言われましたか？

「うーん。作品が出た後一回電話では話したんだけど……。まあ当たらずとも遠からずなところもあるけれど、全体的には〝あんなに、きれいなもんじゃなかった〟といってましたね。

（略）ぼくは主人公を徴兵忌避以外の犯罪とは無関係に書いている。それがぼくの方針でもあったんだけど、実際はそういうもんじゃなかったんでしょうな」

〔前掲『戦争拒否』一三八ページ〕

やはり、徴兵忌避者とともになにか「犯罪」と関わりがある人々が働いていたことをにおわせる言である。菊池邦作の『徴兵忌避の研究』は、実際に徴兵忌避で逃亡した人々の証言を収録しているが、そのなかでも、犯罪をおこなった人が徴兵忌避者と同じ飯場で労働していたことを語っている。「死亡診断書を偽造し、戸籍を抹殺した山田多賀市氏の場合」から引用してみたい。

土工の飯場などに、一旦身を隠せば、犯罪人などそこで犯行を重ねない限り、絶対に発覚するものではない。たとえばこれは私の長い放浪生活からうけた率直な感じであるが、一つの飯場で百人中必ず五、六人の徴兵忌避者がいるものである。かれらは決して、口には出さないが、その挙動や態度でそれが判る。憲兵や特高は捜査には協力しているように見えるが、縄張り根性があって、それが下部にまで浸透しており、相手の手柄になることには協力しない。

〔前掲『徴兵忌避の研究』一九四ページ〕

この証言者は徴兵忌避者は飯場では百人に「五、六人」はいたように話していて、彼らについては常に「憲兵や特高」が捜査していたという。『笹まくら』でも、逃亡中の〈杉浦健次〉が憲兵の影におびえる場面がいくつか描かれているが、しかし彼の敵は、憲兵や警察だけではなかった。「憲兵や警官だけではなく、日本という国全体が、駅も港も町も、彼ひとりの敵であった」（五二ページ）とあるように、彼にとっての「敵」は「日本という国全体」であった。しかしその「敵」の姿はあまりに漠然としていて、戦後二十年を経るまで、自分でもその「敵」の姿の輪郭をはっきりととらえることはできずにいたのだった。

3　家族という課題

「徴兵忌避」を選んだ理由

「日本という国全体」を漠然と敵に回していた浜田庄吉は、そもそもなぜ、徴兵忌避者としての生を選んだのか。浜田は、徴兵検査を受ける数年も前から逃亡を心に決めていて、〈杉浦健次〉の名や衣服、そしていくばくかの貯金まで用意して決行に備えていた。しかしその選択は、信仰上の理由や反戦の思想、強固な抵抗の意志などという「英雄」的な理由からではなかった。

戦後二十年を経て、浜田庄吉は、自分自身の逃亡の理由を意味づけようと振り返る。

誤解しないでくれよ、蔣介石やルーズベルトをこわがって徴兵忌避をしたんじゃないんだからな。自分が殺されるのがこわかったんじゃなく、敵を殺すのが厭《いや》だったのだ。戦争というものが、それから兵隊というものが生れつき大嫌いなんだ。（七二ページ）

これは、四十歳を超えた浜田庄吉が、対外的な模範回答として用意した言葉である。他方、成人前の浜田庄吉には、なにかひどく曖昧な、観念的な理由しか見いだせてはいなかった。〈杉浦健次〉にとって、日本が戦争に負けて軍隊が解体するということは不測の出来事だったが、戦後に浜田を苦しめつづけたことは、自分が単なる「卑怯者」ではなかったかという問いであった——「散兵戦の花と散ることを、おれは、こわがった卑怯者なのだろうか？」（一二九ページ）。そのために、なぜ自分が徴兵忌避をして逃亡したのかを自身に問いつづけなくてはならなかった。

浜田は、自分にある種、英雄的な理由がなかったかどうかを自問する——戦死者やその遺族たちの存在、あるいは、朝鮮の少年たちが過酷な労働に従事させられていることへの義憤など。そして、あらためて徴兵拒否の理由を四つに分類し、自身を問い詰めた。

一、戦争そのものへの反対（絶対的非戦論）
二、この戦争への反対（名分なき戦争への反対）
三、軍隊そのものへの反対（制度への反抗）

四、この軍隊への反対（日本陸軍への嫌悪）

（一二九—一三二ページ）

浜田の理由は一から四のうちのどれだったのか。自分の理由は「一」「二」「三」といった義憤からくるものではなく、「四」の、しかも日本の軍隊が嫌いだという、それだけの理由で反抗したのではないかと浜田は逡巡する。そのなかで柳という友人のことを思い出していた。

浜田には、同級の堺と、そして一級上の柳という親しい友人がいた。三人のなかでは柳が年長だったが、気の置けない仲間として、同級のような会話を交わす関係でもあった。柳は谷中《やなか》あたりの下町の下駄屋の息子で、国史の教科書で学んだ事柄を素直に精神に浸透させて育ってきた青年だった。「忠君愛国」を否定するなど想像だにしなかった柳は、しかし、自由なものの考え方をする堺や浜田の話に次第に引かれ、しばらくすると堺や浜田以上に反軍的な発想をもつようになった。

一九三九年（昭和十四年）十二月一日、柳は麻布三連隊に入営した。しかし、翌四〇年（昭和十五年）一月七日、内務班の屋根裏で首をつって死んだ。自死の動機については誰もが口をつぐんでいたが、浜田と堺には、それが古参兵によるリンチによることは想像がついていた。

おれはあのビンタ……日本陸軍名物の私刑が厭なばかりにこんなこと〔徴兵忌避：引用者注〕をしたのじゃないかと、何度も自分に訊ねたものだった。厭なのは往復ビンタじゃないのか？鶯の谷渡りじゃないのか？　浜田、班長殿の脚絆《きゃはん》を取らせていただきます、じゃないのか？

そんなはずは……すくなくとも、それだけのはずはないのに。（一三二ページ）

柳の自死も心の傷とはなっていたが、浜田には、何にもまして「往復ビンタ」と私刑が「名物」の日本陸軍が「美的」に思われなかった。そのような浅薄な、美的趣味のような理由から徴兵忌避をしたのではないか、と彼は自分を責めたてた。そして自分が兵役から逃れたために、ほかの一人の青年が身代わりとなって入営し、あるいは死を迎えたのではないか、という負い目にとらわれつづけていた。(20)

実際、〈杉浦健次〉として各地を転々としていた折に、彼は何度となく戦死者の葬列の光景を目の当たりにしていた。そのつど、その戦死者は「自分の身代わりの死者」ではないか、という暗い思いが去来した。たとえば秋田ではこのような葬式行列を目にしている。

乾いた馬糞のちらばっている道を進んで来るのは葬式の行列だった。（略）町内会の旗の次には二人、めいめい白い幟《のぼり》を持った、青年団の制服を着た男がつづいた。幟には大きな字で、雨でにじんだように書いてあった。

「弔陸軍歩兵……」そこまで読んだとき浜田は、すぐに通りへ出てよかったと喜んだ。だが、その喜びは困惑に変ってゆく。自分の身代りとしての死者という思いで、頭のなかがはちきれそうになる。宮崎県で、それから鹿児島県で、こういう行列に何度も会ったときと同様に、またこの秋田県に来てからも一度、味わったように。遺骨をかかえている遺族を汽車のなかや駅で見かけて、しかしおれは生きていると思った一瞬のちに、いや、その思いよりもすばやく、きっと訪れて来るやりきれない感じ。（八一ページ）

「自分の身代り」という発想を消し去ろうと懸命に努めるが、彼の「やりきれな」さはどうにもしようがなかった。遺族に目をやると、喪主は、亡くなった男の弟らしい中学生で、まだ幼く頸《くび》が細い少年だった。

あの白い箱のなかの灰になった男はそうでないにしても、日本じゅうには誰か一人、きっと、ぼくの代りに召集された若者がいるわけだ。その男の弟は頸が細いだろうか？（八二ページ）

この日本で誰か一人、自分の「代りに召集された若者」がいる――自分の身代わりになり、どこかで犠牲になったはずの若者には浜田の想像力は及んでいたが、しかし彼は、五年に及ぶ自身の徴兵忌避のために自らの家族が犠牲になっていたことに思い至るには、あまりにも乏しい想像力しか持ち合わせていなかった。

「自分の身代り」「家族の犠牲」

長い戦争が敗戦として終わり、浜田庄吉は〈杉浦健次〉を捨てて五年ぶりに東京の実家へと向かう。しかし、そこに五年前の家族の姿はなかった。母・八重《やえ》が自殺をしていたのである。

「いいかい、気にするんじゃないよ。八重が睡眠剤の分量を間違えてねえ」（二三〇ページ）と、すっかり白髪になった父は口を開いた。浜田は事前に送った手紙の返信で母が亡くなっていたことは知らされていたが、漠然と、事故か病死だろうと考えていたのだった。父の一言で、自分のせいで母が自殺したことを悟ったが、体調を悪くしていた父は多くは語らなかった。

母の死後、父は若い看護師を後添いにしていて、そのことにも当惑しながら父に向かう息子に対し、父の言葉は少なかった。

「いいさ。気にするなよ。おれが辛かったのは毎年一回だけだったよ。あとは平気でいた」と父は言った。

「毎年一回？」

「うん、区役所の兵事係へ行ってまだ帰らないと報告する。あれは厭だったな」

浜田はもういちど頭を下げた。このときも、どう言ったらいいのか判らない。

（二三二―二三三ページ）

年に一回、父は区役所の兵事係で彼のために手続きをとらなければならなかったのだろう。息子の居場所を本当に知らないのかどうか、係員から詰問されていたのかもしれない。実の親子なのに知らないはずはないと疑われ、肩身の狭い思いをかみしめていた姿が想像できる。

家族の犠牲は、母の自殺、父の体調の悪化だけではなかった。戦後二十年も経て、浜田は、自身の五年間の逃亡生活が弟の人生にも大きな影響を及ぼしていたことを知らされた。偶然会った姉との会話からである。

「姉さんは迷惑しなかったかい？　ぼくのことで何か」

「迷惑？」（略）

「兄さんにも言わなかったのか？」

「引揚げの船のなかで打明けたの。おしゃべりのお前がよく我慢したって、呆れられ……あれは褒められたのね、きっと。だから、あたしのほうは被害なし」

微笑していた浜田が、最後の一言を聞き咎めた。

「じゃ、誰かいたんだね」

「いた？」

「被害者。迷惑した人」

姉が急に硬い表情になって黙りこんだ。

「誰に迷惑かけた？　教えてくれよ」

しばらくしてから、美津は言った。

「やはり、あたしって大変なおしゃべりなのね。仕方がないから言うけど、気にしないでね。いい？　気にしない？」

浜田はうなずいた。

「信二なのよ。信二が大変な目に……ううん、大変と言ったって大したことないけれど。憲兵につけまわされたり、配属将校に殴られて。鼓膜が破れてしまったのよ。もちろん片方だけ。知らなかった？」

（一二三——一二四ページ）


弟の信二は音楽の才能に恵まれた青年だった。戦争の余波で父の医院の経営が厳しくなると、大学を中退し、戦後はジャズ・ピアノを弾いて家計を助けていた。しかし結核で胸を悪くし、そのときに服用した薬のために聴力を失ってしまった。演奏家の道を諦めてからは音楽出版社で校正係を務め、近々、遅い結婚をすることも決まっていた。それまで信二がまったく普通にジャズ・ピアノを演奏していたこともあり、浜田は、弟の耳の鼓膜の件を知らずにいたのだった。

家族を犠牲にしたという鈍痛に、浜田はあらためて煩悶するしかなかった。

後悔というのじゃない。（略）ただぼくには、自分の徴兵忌避のせいでこれほどいろいろ結果が出てくることが、予測できなかっただけ。思いがけないこと。しかし予測していればやめただろうか？　それとも予測していれば平気だろうか？　お父さんとお母さんだって世間体は悪くとも何とか暮してゆくだろうと思っていた。（略）ぼくが徴兵忌避をしていなければ（そしてどこかで戦死していなければ）お母さんは自殺しなかったし（たぶん）お父さんはあんなに早く参ってしまわず（たぶん）信二は結核にならないで（たぶん）それから阿貴子は？　たぶんひょっとしたら。どちらなのだろう？

（五八―五九ページ）

「予測していればやめただろうか？」と自問しているが、これほどまでに家族を犠牲にしていたことは、逃亡中の〈杉浦健次〉には不測の事態であった。しかし彼にとって最も予測不能だったのは、自分が忌み嫌った日本の軍隊を実質的に支えていたのが、壮丁を構成員とする家族の、日常的な生活感覚だったことである。

軍隊を下支えした、生活者の日常的な感覚

「お父さんとお母さんだって世間体は悪くとも何とか暮してゆくだろうと思っていた」と、徴兵忌避を心に決めたころの浜田庄吉は考えていたのだが、母は軍医少将の娘であり、町医者の妻として日々を暮らしていた。もしも浜田が召集通知に従って赤坂の三連隊に入営していたとすれば、母は、

息子の安否を気づかいながらも、世間的な体面での苦悩を背負うことはなかっただろう。開業医として地元の患者を診る父も、他家に嫁いだ姉も、音感にすぐれていた弟も、地域共同体のなかで肩身の狭い思いをすることはなかったはずである。浜田の、「世間体は悪くとも何とか暮してゆくだろうと思っていた」というその予測があまりに表層的だったのである。

俳優の三國連太郎にもそのことを思わせる実話がある。

三國連太郎は一九二三年（大正十二年）生まれ、本名は佐藤政雄である。川名紀美『女も戦争を担った』[21]によると、三國連太郎は四三年（昭和十八年）十二月、二十歳で召集令状を受け取った。特別に反戦の意志があったわけではないが、とっさに「死ぬのはいやだ」という感情が湧き、故郷である静岡と正反対の四国へ逃亡を試みた。九州に近づき、そこから中国大陸を目指したのだが、母への手紙に自分の居場所をにおわせてしまった。まもなく憲兵に見つかり故郷へと連れ戻されて、あらためて静岡の連隊に入れられたのだが、憲兵に通報をしたのは当の母親だった。

中国大陸への出兵が決まった最後の面会で、母は、こう言ったという。

「お兄ちゃん。お兄ちゃんにはきついことかもしれないけどね、一家が生きていくためには涙をのんで、戦争に行ってもらわなきゃいかんのだよ」

声が、小さくふるえていた。

青年は、このときすべてを悟った。

『そうか。憲兵に知らせたのは、おふくろだったのか』

［川名紀美『女も戦争を担った』[22]］

母親は、「一家が生きていくために」、また、何人かいるほかの子どもたちみんなが世間とうまく折り合って生きていくために、兄である三國連太郎には徴兵忌避をさせられなかったのである。山崎正和も『笹まくら』の解説として、「いったい何人の気の弱い青年たちが、もっぱら自分の家庭の安全をおもんばかり、一家の「世間体」を考へて、一度は脳裡を横切った徴兵忌避の夢想を打ち消したことであらう」と述べ、次のように続けていた。

浜田庄吉の徴兵忌避は、彼自身の意図にはかかはりなく、最初からきはめてパラドクシカルな行動だったといふほかはない。彼は国家に叛逆してゐるつもりで、そのじつ国家を実質的に支へてゐるものに救ひを求め、戦争といふ異常に抵抗してゐるつもりで、じつは国民のもっとも日常的な生活感覚に叛旗をひるがへしてゐたからである。

［山崎正和「徴兵忌避者が忌避したもの[23]」］

「国民のもつとも日常的な生活感覚に叛旗をひるがへしてゐた」とは、つまり浜田庄吉が、自分の母親の日々の生活——世間的な体面は気にしながらも、平穏な生活者として過ごす日々に抗ってしまったということである。『笹まくら』は、浜田の徴兵忌避が戦争への抗いではなく、家族の日常への抗いとなっていたことを描いていたのである。

国家を敵に回す「家」「親子」というパラドクス

そしてもう一人、「母親」が登場する。

一九四三年（昭和十八年）六月ごろ、米子で〈杉浦健次〉は結城阿貴子という年上の女性と出会った。愛媛県宇和島の質屋の娘である阿貴子は、母から意に染まない結婚話を勧められ、反発して家出をしていた。家出という逃亡を試みた阿貴子と、徴兵忌避という逃亡生活にあった〈杉浦健次〉は引かれあい、二人は旅をともにする。香具師にしては言動がそれらしくない〈杉浦〉に、阿貴子は、それが仮の姿ということを察し、徴兵忌避者であることも知った。それでも彼を受け入れ、金策も尽きてくると、宇和島の自宅にかくまうことを提案した。

よそ者で得体の知れない男をかくまうことに、当初、阿貴子の母親は反対していた。夫を亡くし、決して開けていない地方での一人娘の将来のことだけを心配していたからである。

いかにも未亡人らしく、阿貴子の母は非常に体面を重んじていた。阿貴子が杉浦といっしょに帰って来たとき、親子が二階で語りあったことも、主として世間体の問題だったそうである。そしてこのときもまた、娘は自殺すると言って母親をおどかしたし、そのあげく母親は、娘を守るためには男をかくまわねばならぬ、つまり国家と社会を敵にまわさねばならぬと決心したのだ。

（三七三ページ）

徴兵を忌避して逃亡した〈杉浦健次〉は、国家からみれば懲罰の対象者であり、山崎正和の評言を借りるなら、「叛逆」者だった。その「叛逆」者を、阿貴子の母はかくまい、「国家と社会を敵にまわ」すことを決心した。その理由は、一人娘との家族関係を「守るため」であった。家の平時を維持するために、阿貴子の母は、結果的には戦時の国家に背を向けたことになる。

序章にも引いたが、文部省による『国体の本義』は家族、すなわち「家」という存在を国の根幹と定義づけていた。

我が国民の生活の基本は、西洋の如く個人でもなければ夫婦でもない。それは家である。家の生活は、夫婦兄弟の如き平面的関係だけではなく、その根幹となるものは、親子の立体的関係である。この親子の関係を本として近親相倚り相扶けて一団となり、我が国体に則とつて家長の下に渾然融合したものが、即ち我が国の家である。

［前掲『国体の本義』四三ページ］

日本の生活の基本は、西洋のように「個人」や「夫婦」ではなく、「家」「親子」の立体的関係だと述べている。その親子関係を基本として、「近親相倚り相扶けて一団」となることで、国家に奉仕する存在が、「家」であり国民であるべきとされていたのである。しかし山崎正和が指摘したのは、その根本となるべき「家」と「親子」が国家を敵に回すものにもなるというパラドクスだった。

4　切断なき「戦中─戦後」

「笹まくら」＝「旅寝」の不安な漂流の生

浜田庄吉＝〈杉浦健次〉は、自分自身の家族は犠牲にしながらも、宇和島の結城阿貴子とその母にかくまわれ、擬似家族関係を維持することで、逃亡の身を庇護された。しかしその阿貴子をも、浜田は犠牲者の一人にしてしまう。

大都市ではない宇和島に暮らす阿貴子にとって、東京から漂流してきた〈杉浦健次〉の存在は、貴種流離譚の「貴種」でもあった。[24] 池澤夏樹は次のように分析している。

『笹まくら』というタイトルが和歌に由来する。王朝の歌人が詠んだ旅寝の不安の上に、強大な国家権力に逆らって逃げ回る若者の不安を重ねる。その先に、家を出て旅先で苦労を重ねる貴人の不安が透けて見える。しかも「まくら」という言葉はエロティシズムをさりげなく指し示してもいる。すなわちこの話は貴種流離という日本文学の大事なテーマまで取り込んでいるわけで、杉浦健次が女に救われるのは当然。それが「もののあはれ」と「色好み」という平安朝以来の日本文学の原理が教えるところなのだから。

［池澤夏樹「内なる批評家とのたたかい」、丸谷才一／キーン・デニス／山崎正和／後藤明生／池沢夏樹『丸谷才一』（「群像日本の作家」第二十五巻）、小学館、一九九七年］

『笹まくら』というタイトルはこの一首に由来する。

これもまたかりそめ臥《ぶ》しのさゝ枕一夜の夢の契りばかりに

［俊成卿女『俊成卿女家集』（「日本古典文学大系」第八十巻）、岩波書店、一九六四年］

「草枕」と同じく旅寝のことを指す語が「さゝ枕」であり、〈杉浦健次〉の生は常に「旅寝」の不安な漂流の生、決して安住はできない生であることを暗示している。〈杉浦〉と結城阿貴子とは旅先でのかりそめの恋という関係だったこともあり、戦争が終われば「貴種」である〈杉浦〉が自分のもとを去っていくことを阿貴子は察知していた。敗戦の報を受けたあと、阿貴子は身を引くように、地元の年配の男性の後添いになる道を選んだのだった。

〈杉浦〉は、浜田庄吉に戻ってから一度だけ、東京に来た阿貴子と再会したことがあった。五十歳近くになっていた阿貴子は、夫とうまくいっていないことをほのめかしたが、浜田は、かつての恋人であり命の恩人でもある阿貴子の存在を、そのときはさほど意識しなかった。それを初めて強く意識したのは、阿貴子が癌で亡くなったという知らせを受けてからであった。しかもそのときの姓は、結婚前の「結城」姓だった。

阿貴子の訃報を受け、浜田は四国に弔意電報を打つ。

アキコサンノフハウニセツシ」カナシミニタヘマセン」ハマダ　シヤウキチ　（六一ページ）

郵便局の係員に頼信紙を手渡すと、係員は事務的に赤いペンで、「フハウ」のハを「ホ」に、「タヘマセン」のへを「エ」に、そして「シヤウキチ」のヤを「ヨ」に書き改めた。その扱いを見て浜田が気づいたことは、自分は現在の社会にいまだ適応できないでいるということであった。

彼は、自分がひどく年を取ったように感じながら、駅前のバスの停留所へ向って歩いた。（略）仮名づかいを直されたことで、自分を時代遅れな人間だと思ったのだ。大学の書類は新仮名で書くのがきまりで、もちろんそれに従っているが、家《うち》で葉書や手紙を書くときはいつも自然に旧仮名になる。靴をはいて洋服を着ているときは新仮名、和服でいるときは旧仮名というのが浜田の国語生活であった。今、靴で洋服なのについうっかりその区分を乱したことは、まるで自分が今の社会と適応できない、人生から降りてしまった若隠居であるような寂しさを彼に味わわせた。

（六一―六二ページ）

阿貴子とは〈杉浦健次〉として出会ったので、「靴」をはいて「洋服」を着ていても、阿貴子を思うときの浜田は戦時中の〈杉浦〉でしかない。〈杉浦〉として旧仮名で電報を打ったが、しかしいま、彼は浜田庄吉として生活している。そのリズムが乱された瞬間、「旧仮名」＝阿貴子との生活と「新仮名」＝現在の生活のどちらにも自分が適応していないことに浜田は気づかされたのだった。

戦中―戦後の「濃い闇のなか」

寄る辺ない漂流者としての自分の生に気づかされたとき、浜田は、かつての逃亡中、もう漂流には終止符を打ちたいと思う瞬間があったことを思い出した。そのとき心に浮かんだ定住の場は、結城阿貴子とその母との擬似家族的な場ではなかった。口入れ屋の朝比奈が再三勧めた、北九州の炭坑という「濃い闇のなか」であった。

砂絵の道具を調べているとき、糊を溶いた水を入れるクリームびんの下から、色砂にまみれた朝比奈の名刺が出てきた。杉浦はそれを細かくちぎり、さらに台所へ行って竈のなかで焼いた。阿貴子は、何もそうまで嫌わなくてもと笑ったが、彼の気持としてはむしろ、これからの旅で心が衰えたとき、炭坑の闇に憧れて朝比奈に連絡をとりはしないかと心配だったのである。この国民服の男に声をかけさえすれば、北九州の地下の、あるいは海底の、濃い闇のなかで確実に憩う（?）ことができる。

（一六五―一六六ページ）

もしも「確実に憩う」＝安住することができる場があるとすれば、それは、同じ境遇の人々の間にまぎれて労働をする場であった。そこで働き、世の中を忘れ、ものを突き詰めて考えることを放棄すれば「確実に憩う」ことができるかもしれなかった。「濃い闇のなか」で労働するという安住の場を、しかし〈杉浦〉＝浜田は、朝比奈の名刺をびりびりに引き裂くことで自ら遠ざけたのである。

戦後、浜田庄吉に戻った彼も、「確実に憩う」場を作ろうと心掛けていた。大学の事務という職場である。父親のつてで、浜田は東京のある私立大学の庶務課に職を得ることができた。地道に淡々と仕事をこなし、その大学の卒業生ではないにもかかわらず、四十五歳で課長補佐というポストにまで進むことができていた。もっとも、その背後には父親の後輩にあたる堀川という理事の影響力もあった。

その堀川理事に履歴書を渡したのは、一九四六年の初夏だった。戦後まもなくという解放感もあり、浜田はうっかり、履歴書に徴兵忌避の件と〈杉浦健次〉のものだった五年間について記してしまった。

　　兵役
一、昭和十五年十月ヨリ徴兵忌避ヲ行ナヒ、全国各地ヲ
転々、昭和二十年十一月東京ニ帰ル。
　　賞罰
一、ナシ
　　　　　　　　　　　　　　　　　　　　　　　　　　　（七〇ページ）

　履歴書を手にした堀川は、特別に驚きはしなかった。その兵役の記述は不要だと短く述べるだけで、浜田もその指示に従って淡々と書き直しただけだった。
　職場で浜田の徴兵忌避の過去を知る人間は、唯一この堀川理事だったのだが、突然、その二十年前の過去を知る者が現れた。それは、浜田の課長昇進という内々の話が出たころだった。同じ課の、もう一人の課長補佐である西は、浜田の昇進の噂を心安からず思っていた。何か浜田をおとしめる策はないかと狙っていた折、浜田の〈徴兵忌避〉という過去をかぎつけたのだった。堀川理事がふともらした情報を、西が聞き逃さなかったのだろうと浜田は推測した。

地続きとしての「戦中―戦後」

西は、浜田の徴兵忌避をある右翼新聞に告げ、それは記事となって学内に流出した。「昭和二十一年には何でもないゴシップだったものが、約二十年たつと致命的なスキャンダルに変るなんて」「まるで、鉄筋ビルの工事のため、東京空襲の不発弾が掘り出されたようなもの」（二九〇ページ）だと、浜田は呆然とした。「卑怯者」――再びこの言葉が浜田の脳裡を占めた。職場には、浜田の徴兵忌避という過去を尊重してくれる人物も何人かいたものの、露見を機に、浜田の昇進話は立ち消えになり、そして待遇としては左遷ともいえる転勤話が持ち上がった。

そこにはもう一つの挿話も付帯していた。徴兵忌避という過去が露見した浜田のもとに、一人の学生がインタビューに訪れた。折しもベトナム戦争のころである。その学生は学生新聞の記者であり、ベトナム介入に反対して兵役を拒否するアメリカ青年たちと、かつての浜田の徴兵忌避とを重ね合わせ、一面記事に仕立てたいと申し出た。浜田にとって、それは「不発弾」をさらに陽のあたる場所にさらされるようなことだったが、それ以上に、困惑の思いのほうが強かった。浜田は決して英雄的な理由で逃亡したわけではなかったからである。

「編集の狙いに反対ですか？」と眼鏡の学生が言った。

「そういうわけじゃないが」

浜田は呟くように言ってから、ベトナム戦争反対で徴兵忌避をしているアメリカ青年のことなど、今まで考えたこともなかった、と反省していた。今の日本の青年と同じような無関心。(略)ぼくは新聞でも、戦争の記事はこわいからなるべく読まないようにしているし。

（二二二ページ）

大学事務職という「安住」の場に憩いつつあった浜田庄吉には、「戦争」はすでに過去のものであり、「こわいから」という理由で遠ざけてきたものだった。ベトナム戦争に反対して徴兵忌避をするアメリカ青年への関心もなく、また、自分が徴兵忌避をした事実さえなるべく過去のものにしようとしていた。しかし、職場の同僚や教授、助教授の男性たちはみな一度は兵役についていて、彼らにとっては、戦争は過去として切断できるものではなかった。ベトナム戦争の行方にも関心を抱く彼らから見れば、自分たちが兵役についている間に徴兵忌避をした浜田は「卑怯者」であり、その過去を戦後になって学生たちから「英雄」視されるようなことは、さらに「卑怯者」的な行為だった。

おれの徴兵忌避。何度も何度も考えたあげくおこなった、そして、している最中も考えつづけ、終ってからも。散兵戦の花と散ることを、おれは、こわがった卑怯者なのだろうか？　終ってからも。いや、いつまでも終ることがない。

（二二九ページ）

この延々と続く自問から、磯田光一は、個人と共同体との間に横たわる背反関係を見いだす。

浜田のこの自問は、〝歴史〟の強制する徴兵に従えば自己を裏切ることになり、それを拒否すれば〝歴史〟や〝社会〟に白眼視される立場に置かれてしまうという、いわば〝個人〟と〝共同体〟との間の背反関係を暗示している。

〔磯田光一「丸谷才一論(25)」〕

「何度も何度も考えた」あげくに徴兵忌避を決行したころの浜田庄吉は、個という理想主義を抱いた青年であった。しかし戦中の国家の方もまた、「〝国家〟を最高価値とする理想主義」（磯田前出）によって成立していた。その背反関係を自覚し、自分が「卑怯者」でありつづけなければ「自己を裏切る」ことになると悟ったとき、浜田庄吉ははじめて大きな絶望感を味わう。

川本三郎は新潮文庫改版『笹まくら』の「解説」で、浜田庄吉の徴兵忌避を次のように述べていた。

決して英雄的な反国家意識からではない。むしろ、いつ捕まるかわからない、不安と恐怖のなかの絶望的な逃走である。その絶望感が本書の感動の根底にある。

［川本三郎「解説[26]」］

確かにそれは「英雄的」な行為ではなかった。しかし、戦時中に各地を転々としていたころの〈杉浦健次〉には、川本三郎が述べるほどの大きな「絶望感」は、まだ自覚されていなかったのだろう。彼が深い絶望を感じたのは、むしろ、戦後二十年近くを経て、かつて自分が嫌悪した戦争の時代と現在とが、敗戦で切断されたわけではなく、連続しているという事実に突き当たったときである。戦中と戦後は地続きであり、自己を裏切らない限り、どこにも安住の場所、「確実に憩う」労働の場はないのだった。

〈漂流〉という寂しい自由

『笹まくら』の終盤で、浜田が選んだのは、負の英雄として生きる道であった。いまの職場を辞し、盗癖がある妻・陽子と新たに生き直すことを決めたのである。

浜田に子どもはなかったが、若く美しい妻・陽子との家庭生活はうまくいっていた。二人の結婚は堀川理事の媒酌によるものだったが、職場の転勤（左遷）が打診された折、陽子は東京を離れるのをいやがり、理事になんとか運動をしてもらうことも考えていた。

そんな折、職場の浜田のもとに、四谷署の警部から電話があった。陽子がデパートで万引きをして留置されたというのだった。驚いて駆けつけると、陽子は泣き崩れていた。警察に捕まったのはこれが初めてだったが、陽子の万引きは常習のものであるらしかった。

　堀川理事から陽子を紹介されたとき、若く顔形が整った陽子がなぜこれまで縁遠かったのか、浜田は不思議に思っていた。そしてこの事件で、それはおそらく盗癖が災いしていたのだろうと察したのだった。「昔は質屋の娘に養われ、そして今は万引き女に養われている男」（四〇七ページ）——自分はやはり、戦中も戦後も安住の場に憩える人間ではないことを、浜田庄吉はここではっきりと自覚した。

　しかしむしろ、この事件によって、浜田庄吉ははじめて自分自身の生の意味を知った。漂流者として、そして、陽子と二人でアウトサイダーとして生き直す「自由」を見いだしたのである。


　おれは今ようやく、おれの心の上げ板をあげたらしいな。そっと、おずおずと。すると日の光はその小さな暗闇を眩しく襲って、そこに長いあいだかかってこっそり貯えられていた自由という寂しい宝を、とうとう浮びあがらせたらしい。そうじゃないのだろうか？　そうだよ、たとえば……テレビの修理工をやってはなぜいけないのだろう？　そういう自由な暮し。（略）もともと機械いじりが好きなのだし、それにおれは、今の世界のいちばん大切な掟に……盗むなという掟や殺すなという掟よりももっと重い掟に……逆らった男なのだから。（略）引返すことは許されぬ。いつまでも、いつまでも、危険な旅の旅人であるしかない。

（四一一―四一二ページ）

逃亡中の〈杉浦健次〉には、結城阿貴子との擬似家族的な暮らしはあっても、そこに「自由」はなかった。戦後、浜田庄吉に戻ってからは、ごくありふれた勤め人として、また、夫としての安住を心掛けていた。しかし徴兵忌避という過去が、憩う場になるはずだった職場をもつ生活を、また、平穏な家庭人としての生活を揺るがした。

けれども、それらを直視し、自らの生として受け入れることこそ自分にとっての「自由という寂しい宝」であることに、浜田は気がついたのである。彼の最も大きな「敵」は、自分自身の深部にあった、定住と安住を求める生活者としての心だったのである。

そう、危険な旅、不安な旅、笹まくら。陽子が口紅の剝《は》げた唇をあわせ、顔をしかめ、ゆっくりと顔をあげてゆく。ゆっくりと目覚めへ向って。そして浜田はそのとき、不思議に悲しい心の高揚を感じていた。（四一二ページ）

「笹まくら」の「危険」で「不安」な旅は、定住や安住に向かうものではない。しかし「自由という寂しい宝」に向かう旅だった。

『笹まくら』で、浜田庄吉は自ら死を選択することはなかった。浜田の周囲には、母の自死があり、また一学年上の友人・柳の入営一カ月ほどでの自死もあった。その痛みを負いながらも、浜田自身には、自死や、孤独に耐えきれずに自首するという心の動きは起こらなかった。

戦時下、金子光晴は親子三人で生き延びるために詩を書きつづけたが、『笹まくら』の浜田庄吉は、生きつづけた。決して英雄ではなく、自分の行動に対する結果の予測もできない青年だったからこそ、どのような状況でも生きつづけるという生を選び取ったのだろう。

自死や自首という選択は、自らの生を切断することでもある。戦中と戦後とが地続きであり、浜田にも、そして〈国民〉にとってもそれらの間には切断はなかったということを語るため、浜田は自らの生を切断することはせず、〈漂流〉という寂しい自由を選び取ったのではないだろうか。

注

(1) 金子光晴／森三千代／森乾『詩集 三人』講談社、二〇〇八年
(2) 菊池邦作『徴兵忌避の研究』立風書房、一九七七年。引用は家永三郎責任編集『日本平和論大系』第十六巻、日本図書センター、一九九四年。
(3) 評論家の小田切秀雄は、自ら減量して肉体を衰弱させて召集解除となった。その体験もあわせて「徴兵検査で不合格または低順位になるために長期の計画的努力をした者があり、召集のさいにはねられるようにあらゆるくふうを重ねた者があり、召集されてからも何らかの理由で召集解除をかちとるために言語に絶する苦労をした者があり、(略) いずれにせよたんに〝従順〟であったのではなかった」と、『笹まくら』論を展開させている(小田切秀雄「現代文学の主人公――丸谷才一『笹まく

ら』を素材にして」、小田切秀雄全集編集委員会編『小田切秀雄全集』第十四巻所収、勉誠出版、二〇〇〇年)。

(4)金子光晴『詩人――金子光晴自伝』(講談社文芸文庫)、講談社、一九九四年、二〇一ページ。初版は金子光晴『詩人』平凡社、一九五七年。

(5)「特集 金子光晴――戦中未発表詩発見」「群像」二〇〇七年十月号、講談社、一六五―一九三ページ

(6)鶴岡善久『太平洋戦争下の詩と思想』昭森社、一九七一年、九九ページ

(7)同書

(8)前掲『国体の本義』

(9)森乾「金鳳鳥」「群像」一九七六年十一月号、講談社

(10)同作品

(11)同作品

(12)石黒忠『金子光晴論――世界にもう一度Revoltを!』(「現代詩人論叢書」第十三巻)、土曜美術社、一九九一年、一二二ページ

(13)桜本富雄『空白と責任――戦時下の詩人たち』未来社、一九八三年、八七―一三〇ページ

(14)『笹まくら』の引用とページ数は、二〇〇一年刊の新潮文庫版(新潮社)による。

(15)池澤夏樹「内なる批評家とのたたかい」、丸谷才一/キーン・デニス/山崎正和/後藤明生/池沢夏樹『丸谷才一』(「群像日本の作家」第二十五巻)、小学館、一九九七年、一五ページ

(16)山村基毅『戦争拒否――11人の日本人』晶文社、一九八七年、一三八ページ

（17）したがって、「戸籍法ノ適用」を受けない人々は対象ではなかった。実際、箕作りや竹細工などを生業とした「山窩」と呼ばれた人々は、そのために徴兵の義務を負わなかった。一九四九年には全国に一万三千人ほどがいたという（菊地昌典／五木寛之「対談・三〇年代の歴史と文学を考える――七〇年代を視座として」「国文学――解釈と教材の研究」一九七五年七月号、学燈社、一三―一四ページ）。

（18）金子光晴の詩「富士」にも「戸籍簿」の語がある。

富士

重箱のやうに
狭つくるしいこの日本。

すみからすみまでみみつちく
俺達は数へあげられてゐるのだ。

そして、失礼千万にも
俺達を召集しやがるんだ。

戸籍簿よ。早く焼けてしまへ。

誰も。俺の息子をおぼえてるな。

金子光晴「富士」『蛾』北斗書院、一九四八年

「重箱」は、四方を海に囲まれ脱出不可能な島国日本を指すのだろう。そのなかで「数へあげられてゐる」ということは、自分たちが軍隊での員数合わせのコマにさせられていることを指す。その「戸籍簿よ。早く焼けてしまへ」という呪詛にこそ、金子光晴の肉声があるだろう。

(19) 高橋英夫「人と文学　丸谷才一」『丸谷才一・小川国夫集』(「筑摩現代文学大系」第八十八巻) 所収、筑摩書房、一九八一年、四九五―四九六ページ

(20) 森乾も、徴兵忌避をした年に偶然、応召する若い青年と旅上で相宿し、「若者の身に引きくらべて、自分だけがずるいことをしているのに気が引け、まともに若者の顔が見られなかった」という心境を記している（前掲「金鳳鳥」五八―五九ページ）。

(21) 川名紀美『女も戦争を担った』冬樹社、一九八二年

(22) 同書六ページ

(23) 前掲『丸谷才一』二六ページ

(24) 丸谷才一は、ジェイムズ・ジョイスの『ユリシーズ』を共訳するなど英文学者として出発し、ジョイスの「流浪者（エグザイル）の悲しみ」に共鳴し、漂流・漂泊を自身の文学的主題とした。長篇第一作『エホバの顔を避けて』（河出書房新社、一九六〇年）以来の丸谷の小説の特徴を、川村二郎は「よるべない漂泊の感情」としている（「流離のトポス」、前掲『丸谷才一』所収、五四ページ）。

(25) 磯田光一「丸谷才一論」『昭和作家論集成』新潮社、一九八五年、五三二ページ

(26) 川本三郎「解説」、丸谷才一『笹まくら』(新潮文庫)所収、新潮社、二〇〇一年、四二一—四二二ページ

終章　パラドクシカルな〈国民〉

各章を振り返って

以上、これまでに展開してきた「非国民文学論」の内容を振り返ってまとめたい。

序章では、北條民雄の小説『いのちの初夜』を取り上げた。ハンセン病療養所入所の一日目をつづった小説であり、自死に向かう思いを断ち切れずにいる青年が、絶望の底から切り返し、新たないのちの回復を決意する過程を描いている。作品集刊行は一九三六年（昭和十一年）だったが、四〇年前後（昭和十年代）＝戦争の時代は、国家が健康な身体を必要とした時代でもあった。国家から疎外され、〈国民〉からも疎外されたハンセン病療養者が、「書く」ことを通して新しいいのちを獲得しえたことを述べた。

第1章では、引き続き、ハンセン病療養者の生を主に短歌作品から探った。ハンセン病を治す化学療法が確立していなかったこの時代、確実に迫りくる死への恐怖に加え、彼らは肉親や社会からの疎外という絶望のなかに置かれていた。

家族と引き離された療養所のなかでは、擬似家族的な生活がなされていたが、そのなかで、「精神的更生」として文芸創作に打ち込んだ人々がいた。特に戦時下の彼らの作品には、兵役免除となった自分に代わって戦地に赴くいのちに敏感な歌も見られた。葛藤も含んだそのまなざしは、〈国民〉から疎外された環境にありながら、むしろ戦時の最も〈国民〉的なまなざしでもあった。その逆説性を、短歌作品から読み取った。

第2章では、完成度が高い歌集によってハンセン病療養者の存在を世に知らしめた明石海人を取り上げた。家族から引き離された絶望を、読書と作品創作によって昇華させようとした明石海人は、さらに〈幻視〉のなかに精神を解き放とうとした。モダニズム短歌の流れを汲む歌誌「日本歌人」を舞台にして、何ものにも強制されない想像力で彼は独自の作品世界を構築した。また、病を天啓ととらえながら、自らを「天刑」による死刑囚と認識していた明石海人は、二・二六事件で死刑判決を受けた青年将校たちに精神的な連帯を感じ取ってもいた。「謀叛」という言葉に鋭く反応した明石海人は、大多数の〈国民〉と対峙する精神をもっていたことがその作品からうかがえる。

第3章では、徴兵忌避者の生と、家族、国家との関わりを考察した。金子光晴の『詩集 三人』からは、国家や〈国民〉からの追放を願い、〈漂流〉の身となっても自身の「家」＝家族三人＝「個人」を守り抜き、国の家に対峙した詩人の生を見いだした。

丸谷才一の小説『笹まくら』では、敗戦までの五年間を徴兵忌避者として生きた主人公・浜田庄吉の戦中―戦後を見てきたが、そこには家族というものに関するさまざまな逆説があった。一つは、逃亡中は疑似家族に救われたが、自らの家族は犠牲にしてしまった点であり、二つは、国家に対して徴兵忌避者として対立するはずが、むしろ家族との平穏な日常生活に対立していたという逆説である。戦中も戦後も、結局安住の場である労働の場を得られなかった浜田庄吉は、戦中と戦後が地続きであることを悟り、〈漂流〉という寂しくも自由な生を選び取った。そこには、〈国民〉にとっても戦中と戦後が地続きだったことが示唆されていて、今日につながる問題提起も含んでいた。

新たな「非国民文学」という枠組み

全編を通して、一九四〇年前後（昭和十年代）の「国の家」の民を照射する非国民文学の輪郭を自分なりに追ってきたつもりである。

従来、一九四〇年前後（昭和十年代）の文学作品は、「抵抗の文学」あるいは「反戦の文学」という評価軸から論じられることが多かった。しかし第1部では、それらの枠組みではなく、新たな「非国民文学」という枠組みを設定した。なぜなら、徴兵検査さえ拒まれたハンセン病療養者の作品に、むしろ最も〈国民〉的な心性が見いだされることは、「抵抗の文学」や「反戦の文学」という枠組みからは到底導き出せないものだからである。その心性は、四〇年前後（昭和十年代）の文学を考えるには見過ごしてはならないものと感じられる。

また、第3章に見た金子光晴は、戦後、特に一九五〇年代に入って以降、抵抗詩人として注目されてきた。しかし金子光晴の詩作の原動力は、抵抗というよりもむしろ、「戸籍」からの離脱、国家からの追放を望み、自らの「家」＝家族三人を守り通す思いだった。家族以外どこにもよりどころがない漂流者としての視線こそ、金子光晴の四〇年前後（昭和十年代。特に末期）の独特な、評価すべき点と感じている。

同じく第3章で引用した、徴兵忌避者という最も〈非国民〉だろう男性を描いた『笹まくら』も、作中の浜田庄吉が決して「英雄」ではないという視点から書き起こされた点に着目した。そして、それが戦中と戦後とが地続きである、ということを読者に提示する佳作だったことを検証した。

パラドクシカルな〈国民〉という存在

非国民文学に括弧をつけるとするならば、非〈国民文学〉ではなく、非〈国民〉文学ということになるだろう。ただし、全編を通して、〈国民〉という定義そのものが、実はパラドクシカルであることも認識せざるをえない。

残念ながら、第1部では、〈国民〉の過半数以上である女こども、、、、についてはほとんど言及することができなかった。その問題に加え、徴兵検査で〈丙種〉第二国民兵だった作家たちの作品を、これとつなげて考察することも残された課題である。太宰治、高見順、伊東静雄、亀井勝一郎、保田與重郎ほか多数の作家たちが〈丙種〉であり、戦時下のさまざまな表情を作品に書き残している。

ハンセン病療養者のように兵役を拒まれた人々、それに対して、兵役を拒否して徴兵忌避者として漂流の生を選んだ人々――その誰もが少数者の立場にあったことだけは、引用作品を通じて具体的に伝えることができたと思うが、一九四〇年前後（昭和十年代）の国民文学論なども視野に入れ、今日になお地続きである非国民文学の考察を常に意識していきたい。

第2部　〈歌聖〉と〈女こども〉

第1章　明治天皇御製をめぐる一九四〇年前後（昭和十年代）

はじめに

よもの海みなはらからと思ふ世になど波風のたちさわぐらむ

［明治天皇「四海兄弟」一九〇四年（明治三十七年）］

二〇〇六年に日本公開された映画『太陽』[1]に登場する一首である。ロシアのアレクサンドル・ソクーロフ監督が敗戦前後の昭和天皇を描くという興味深い作品だったが、作中でこの和歌を詠じたのは、作者の明治天皇ではなく、イッセー尾形演じる天皇裕仁だった。

一九四一年（昭和十六年）九月六日、大東亜戦争の開戦準備を決める御前会議で、昭和天皇は、懐中のメモを取り出し、おもむろに二度、祖父が作ったこの和歌を詠じた。会議では天皇は臨席だけで発言しないのが慣例だったが、このときは発言を求められ、そのかわりに明治天皇の和歌を口にしたのであった。物集《もずめ》高見『新註皇学叢書』第九巻(2)によれば、歌意は「四方皆同胞と思う世に、何故いまはしき戦争などの起こるのであらうと平和克復を待たれ給ふ有難き尊き大御心」だと解説している。この一首は、制作年は〇四年(明治三十七年)と伝えられているが、二月の日露戦争開戦前の作であるのか、それより後の作であるのかは不明である。とはいえ、当時築地にいたイギリス人アーサー・ロイドがこの和歌を英訳し、それを読んだアメリカ大統領セオドア・ルーズベルトが日露戦争講和を斡旋したという挿話はよく知られている。

「明治天皇は〈歌人〉でしたから」——映画中に、天皇・裕仁の側近がそう強調するくだりがあった。明治天皇の和歌と戦前期の文部省との紐帯についてはいくつかの先行研究で明らかにされていて、たとえば、阿毛久芳「帝王の歌・臣民の歌」(3)では、尋常小学校と国民学校の国語教科書に引用された明治天皇の和歌について考察している。教育史の分野では、教育勅語の精神を具現化するため、修身の教科書に最も多く登場した人物が明治天皇だったことを明かす統計(4)や、明治天皇の和歌が国民の道徳教育に関連して意味づけされてきたことへの言及もある(5)。

それらをふまえ、本章では、特に一九四〇年前後(昭和十年代)の、支那事変から大東亜戦争に至る時期の明治天皇御製をめぐる言説を整理する。

1　〈歌聖〉明治天皇の登場――日露戦争期

明治天皇が〈歌聖〉として日本国民の前に現れたのは、一九〇四年（明治三十七年）、日露戦争のころだった。「御製」（天皇の和歌）がにわかに新聞や刊行物その他に発表されはじめ、広く国民の目にふれるようになったのである。それまでは明治天皇の和歌は、二つ折りにした小奉書《こほうしょ》に書いて、革製の大きな御文庫に保管されていて、宮内省侍従職中の御歌所《おうたどころ》所員が目にするだけだった。ただし、毎年一月におこなわれる歌会始での和歌は新聞でも報じられ、たとえば一八七九年（明治十二年）一月二十五日付の「朝日新聞」創刊号には、「雑報」として天皇と皇后の和歌が掲載されている。(6)

御製

あら玉《たま》の年《とし》もかはりぬけふよりは民《たみ》のこゝころやいとゞひらけん

皇后宮

日《ひ》のみはたたかくかゝげて国民《くにたみ》のあふぐやとしのひかり成《な》るらん

明治天皇御製が日露戦争期に新聞などに流出しはじめた経緯は、宮内省御歌所ゆかりの二人の懐古談に詳しい。一人は御歌所四人目の勅任寄人《よりゅうど》であり、『明治天皇御集』(7)編纂顧問だった井上通泰《みちやす》である。一九三二年(昭和七年)刊、改造社『短歌講座 第十巻 特殊研究篇』(8)上巻には、井上の「明治天皇御集編纂に就いて」が収められている。これは明治天皇の作歌をめぐる環境と、その作品について述べた講演記録である。もう一人は、明治天皇よりも十二歳年少で、御歌所に勤めた千葉胤明《たねあき》である。三八年(昭和十三年)に刊行された千葉の『明治天皇御製謹話』(9)では、「白髪首《くび》献上」の章題で当時の経緯を詳しく記しているが、両者とも、「御製」流出の機を作ったのが高崎正《まさ》風《かぜ》だったことを伝えている。

桂園派の歌人・高崎正風は、一八八八年(明治二十一年)に設置された御歌所の初代所長であり、また、明治天皇の歌の師でもあった。千葉の『明治天皇御製謹話』によると、日露戦争期の天皇の作歌数はそれまでよりも増え、連日ほぼ四十首が御歌所に送られていた。歌の内容は、「戦場はかうもあらう、淋しい留守宅はかうもあらうと、軍国の民の労苦を御察し遊ばされ、またまた雨や風や、暑さや寒さには、どう過ごしてゐるであらう、と傷病者の事」などにも及び、その内容を「一般臣民」に伝えたならば、「如何許り銃後の臣民の元気を鼓舞し、又戦線の将兵の士気を激励する」ことになるだろうという声が、自然と御歌所内部に起こったのだった。

しかし明治天皇は、自作の和歌の公開を好まなかった。そこで高崎正風は、天皇にとがめられることを承知で、御製約百首を田中宮内大臣、徳大寺侍従長、岩倉侍従職それぞれに漏らし、それらが、戦況を伝える記事とともに新聞などで流布されたのだった。井上通泰の前述文「明治天皇御集編纂に就いて」によると、明治天皇はそれに対して高崎を軽くとがめたが、切腹を覚悟で御製を流出した高崎に対して重ねてのとがめはなかったという。そして天皇没後、一九一九年（大正八年）に、千六百余首を収めた『明治天皇御集』上・中・下巻を宮内省が刊行した。明治天皇の生涯歌数は九万三千三十二首と厖大な数だが、そのなかの一・八パーセントが世の知るところとなったのである。(10)

一九二二年（大正十一年）、宮内省明治天皇御集臨時編纂部編『明治天皇御集』上・中・下巻を文部省が発行し、昭和に入ってからは、二九年（昭和四年）に改造社が『明治天皇御製集　昭憲皇太后御歌集』(11)を佐佐木信綱の編纂で出版しれた。さらに、それらをテキストとして注釈書や研究書が書かれるようになったが(12)、その刊行が相次いだのが、四〇年前後（昭和十年代）、ことに支那事変から大東亜戦争期だったことが注目される。日露戦争期に広く国民の目にふれるようになった明治天皇の和歌が、「謹話」「謹解」「読本」として意味づけされながら再読されたのは、やはり戦争の時代だったのである。

そして、その意味づけに携わったのは大きく分けて次の二者であった。一方は、国定教科書や副読本の編纂を担当した文部省であり、他方は、日常的に明治天皇御製にふれていた宮内省御歌所の所員たちである。以下、両者による明治天皇御製の取り扱いの差異を明らかにしていきたい。

2　『国体の本義』などにみる明治天皇御製

「はじめに」で述べたように、文部省による意味づけに関して、国定教科書、特に修身の教科書での明治天皇御製の扱いについては先行研究に詳しい。そこで本章では、副読本にあたる二冊を取り上げることにする。

その一つ、文部省編纂『国体の本義』（全百五十六ページ）の刊行は、支那事変が起きる約三カ月前の一九三七年（昭和十二年）三月三十日だった。編纂委員は前年の三六年（昭和十一年）六月に決まり(13)、刊行の趣旨は、「一般学生、生徒は勿論、広く国民に国体の真意義を会得せしめる主意」であった。編纂委員は、三二年（昭和七年）に設置された国民精神文化研究所の紀平正美《きひらただよし》（哲学）、和辻哲郎（倫理）、久松潜一（国文）、山田孝雄（国文）らである。初版三十万部は全国の小学校、中等学校、図書館、大学などに配布され、六刷で六十三万部、最終的には十刷・百五十万部ほどを出版した。この『国体の本義』は教育現場で副読本として使用されたほか、入試問題にも使われたため、教員による細かな説明を生徒が「細かい字でびっしりと、本文より多いぐらい欄外や行間にメモしている(14)」現物を、今日、古書店などで見かけることもできる。

内容を簡略に述べるなら、次の二点が主眼である。一つには、日本人は西洋的な個人主義を克服し、天皇を家長とする「一大家族国家」の一員＝〈臣民〉として生きよ、という提言である。二点目は、日本国は、西洋文化を摂取し純化したうえに新たな日本文化を創造し、「日本人たるの道」を発揮することによって世界文化の進展に貢献せよ、ということである。これらの主張が「皇祖天照大神」の話題から説き起こされているのだが、結語に、「西洋思想の摂取醇化と国体の明徴とは相離るべからざる関係にある」（一五五ページ）とあるように、開国以来、日本人の生活のあらゆる分野に西洋近代思想が浸透してきた事実を認め、むやみに排除するのではなく「摂取醇化」したうえで、家長たる天皇のもと、新しい日本文化の創造を国民の使命と規定した書物ということができる。その西洋思想や文化に最もなじんでいた層は都市の青年や学生たちであり、まずその層に、日本古来の文化や道徳を知らしめることが大きな目的だったことが想像されるだろう。

内閣印刷局による広告の文面は以下のような内容であった。

我が国体は宏大深遠である。然して本書は大日本国体、国史に於ける国体の顕現等に就いて国体を明徴にし、国民精神を涵養振作すべき刻下の急務に鑑み、編纂せられたる臣民必読の書である。

「急務」という文字を明記しているが、しかし、この「国民精神」の「涵養振作」という到達目標は、一九二三年（大正十二年）に摂政名で出された「国民精神作興に関する詔書」以来、特に二八年（昭和三年）四月、学生の思想善導のために文部省が発した「国体観念涵養に関する訓令」のなかで「急務」であることはすでに指摘されていた。この訓令は、京都学連事件(15)や京都大学生らの日本共産党入党などが、ほかの学生・生徒に及ぼす影響を憂慮して発せられたものであり、学生・生徒らが「国体に背き国情に悖《もと》るの思想」を抱き、「有為なるべき前途を誤る」ことのないよう、「わが建国の本義を体得せしめ、国体観念を明徴ならしめ、以て堅実なる思想を涵養する」ことを「現下喫緊の急務」としていた。その内容は、三七年（昭和十二年）の『国体の本義』の編纂趣旨とほぼ変わりない。つまり、文部省が設定した思想善導の対象が、二八年（昭和三年）には一部の学生・生徒に限っていたが、三七年（昭和十二年）にはすべての学生・生徒へと拡大されたことになる。また、同時に教員の思想管理も視野に入っていて、高等教育を受けた者、あるいはこれから高等教育を受ける者の思想の善導が主眼であった。

もう一冊の文部省教学局編纂『臣民の道』は、一九四一年（昭和十六年）七月二十一日に発行された。A5判九十二ページで、厚みは『国体の本義』の半分ほどである。『臣民の道』の内容には『国体の本義』と重なる部分が多いが、東亜「新秩序」建設のための戦争という、大東亜戦争開戦への理論づけが明確になされているところに特徴がある。たとえば、欧米列強の世界支配に対抗してアジアの安定を図るには、東亜「新秩序」を建設しなくてはならない、したがって、「今後更に幾多の障碍に遭遇することあるべきは、もとより覚悟せねばならぬ」（「結語」九一ページ）と、国家への奉仕の道が説かれている。この「幾多の障碍に遭遇することあるべき」は、大東亜戦争開戦を視野に入れた発言として読み取ることもできるだろう。

その両書ともに、『古事記』『日本書紀』などからの引用のほか、和歌、しかも特に明治天皇御製を多く引用している点が注目される。『国体の本義』には儒学者・頼山陽の「今様」、藤田東湖「正気の歌」も含めて二十七の和歌・長歌の引用があった。『臣民の道』には『古事記』『日本書紀』、詔書などからの引用が多く、和歌の引用は天皇御製を中心に十首だけで、それらの出典は、ほぼ『明治天皇御集』『万葉集』そして勤王志士の和歌である。

まず『万葉集』からの引用歌をみるに、その特徴は、天皇（＝大皇、大王）に仕える臣下という立場の歌ということである。

御《み》民《たみ》吾《われ》生ける験《しるし》あり天地《あめつち》の栄ゆる時にあへらく念《おも》へば

［海犬養宿禰岡麿、前掲『国体の本義』一ページ］

ふる雪の白髪《しろかみ》までに大皇《おほきみ》につかへまつれば貴くもあるか

［橘諸兄、同書三九ページ］

（略）海行かば　水漬《みづ》くかばね　山行かば　草むすかばね　大皇《おほきみ》の　辺《へ》にこそ死なめかへりみはせじと言立《ことだ》て

〔大伴家持・長歌、同書三九ページ、文部省教学局編『臣民の道』文部省教学局、一九四一年、五一ページ〕

やすみしし　吾が大王《おほきみ》　神《かむ》ながら　神さびせすと（略）

反歌

山川もよりてつかふる神ながらたぎつ河内に船出せすかも

〔柿本人麿・長歌、前掲『国体の本義』八六―八七ページ〕

一首目の「御民吾」は、「今日よりは顧《かへり》みなくて大君の醜《しこ》の御楯と出で立つ吾は」（今奉部與曾布『万葉集』巻二十）と並んで、一九四〇年前後（昭和十年代）に多方面で引用された万葉歌である。また、「海行かば水漬くかばね」は、信時潔が曲をつけ、三七年（昭和十二年）十一月にNHKラジオ『国民歌謡』で放送されて以来、戦時下のラジオで何度となく反復された歌だった。

そして、『国体の本義』『臣民の道』両書で採っている次の万葉歌は、「親の子を思ふ心」の典型としての引用である。

銀《しろがね》も金《くがね》も玉も何せむにまされる宝子にしかめやも

〔山上憶良、前掲『国体の本義』四六ページ、前掲『臣民の道』七六ページ〕

両書とも、日本は、西洋のように「個人」や「夫婦」を中心とする生活様式ではなく、「親子」の関係――「家長」の下に寄り添う国民性をもっていることを示す例歌として、これを挙げている。そしてそれは、家長としての天皇が、「子」である臣民を思う心の深さを述べるくだりへと続いているのであった。

また、幕末の勤王志士の和歌は、忠君の心の披瀝の例として挙げられている。いずれも歌意が汲み取りやすいものである。

大君の為には何か惜しからむ薩摩の瀬戸に身は沈むとも　　僧月照

〔前掲『国体の本義』四〇ページ〕

数ならぬ身にはあれども希はくは錦の旗のもとに死にてむ　　平野国臣

〔同書〕

君が代を思ふ心の一すぢに我が身ありとも思はざりけり　　梅田雲浜

〔同書〕

ところで、両書でこれら『万葉集』と勤王志士の和歌よりも引用数の多いのが明治天皇作の和歌である。『国体の本義』では十一首、『臣民の道』では三首を引いているが、そのなかの九首に「国」「国民」という語が用いられている点が注目される（傍点は引用者。以下、同）。

おごそかにたもたざらめや神代よりうけつぎ来たるうらやすの国

〔同書二八ページ〕

かみつよの聖のみよのあととめてわが葦原の国はをさめむ

〔同書二八ページ〕

みちくにつとめいそしむ国民の身をすくよかにあらせてしがな

〔同書三一ページ〕

ほどくにこゝろをつくす国民のちからぞやがてわが力なる

〔同書四二ページ〕

国のため身のほど〳〵に尽さなむ心のすゝむ道を学びて　［同書四二ページ］

世はいかに開けゆくともいにしへの国のおきてはたがへざらなむ　［同書一三〇ページ］

さだめたる国のおきてはいにしへの聖の君のみこゑなりけり　［同書一三〇ページ］

神垣に朝まゐりしていのるかな国と民とのやすからむ世を　［前掲『臣民の道』三五ページ］

なりはひはよしかはるとも国民の同じこゝろに世を守らなむ　［同書八六ページ］

いずれも日露戦争中とそれ以降の作であり、一首目と六首目は、詠題が「国」、四首目は「民」

とされている。四首目の歌意について、『国体の本義解説大成』[16]では、「各自自己の分に応じて国の為めに誠心をつくす国民の力が、やがて天皇の御力となるよとの仰せ言であって、各自の本分を恪守することが同時に皇運扶翼の忠の道であり、決して私の道ではない」と解説している。「ほどく」は「程々」であり、人それぞれの身分・地位の程度、あるいは身分身分という字義である。五首目にも「ほどく」の語があるが、歌意は、「各自自己の天分に合した道をえらんで国の為めに尽くせとの仰せ言」であり、どちらも「国民」としての「ほどく」＝身分身分を示すための引用といえるだろう。また、最後の九首目は、職業はたとえ異なっても、国民はみな同じ心で世を守ってほしいという歌意であり、これもやはり、どのような職業と身分であっても、「国」に奉仕する「国民」であるという像の提示のために引用されている。全十四首のうちの九首、六〇パーセントが「国」という語を用いた歌であることは、文部省が、それを読む者に、国民としての責務をおのずと知らしめようとした意図をみることができる。文部省は、これらの和歌にこそ〈歌聖〉としての明治天皇を見ていたのだった。

3　御歌所所員らの「謹話」にみる明治天皇御製

一方、文部省が着目した明治天皇御製とは異なる明治天皇の和歌に〈歌聖〉としての明治天皇を見ていた人々がいる。それは御歌所の所員たちであり、「謹話」として明治天皇の和歌を評釈しているのだが、国家や国民に対する声というよりも、自戒の声としての御製に注目しているところが特徴的である。「はじめに」でふれた阿毛久芳は、「帝王の歌・臣民の歌」で、「治世者の思いが御製の全ての源である」と述べながらも、明治天皇が「自戒と祈願と志」を詠んでいたことにも言及[17]していた。また、明治天皇の和歌をすべて「ご自戒のお歌」とする歌人・五島美代子の評言[18]もある。一九四〇年前後（昭和十年代）にあって、そのような歌柄に〈歌聖〉としての天皇像を見いだしていた二人の評言を追っていきたい。

阪《ばん》（坂）正臣は、御歌所設置以来五人目の勅任寄人であり、華族女学校教授として、皇族に和歌と書道を講じた人物である。唱歌の作詞にも携わっていて、たとえば小学唱歌「国旗」「教育勅語」などは彼が手がけたものである。

その最晩年、阪正臣は『短歌講座　第三巻　名歌鑑賞篇[19]』巻頭に「明治天皇御製謹話」を寄稿した。この巻は一九三二年（昭和七年）一月の刊行だが、阪はその前年の三一年（昭和六年）八月に七十六歳で没しているため、おそらくは絶筆に近いものだったのだろう。

「謹話」という表題ではあるが、明治天皇の和歌を七十八首引き、それぞれに、一、二行程度の短い解説を添えただけの文章である。以下で参照する千葉胤明編・注釈『明治天皇御製謹話[20]』が、時代背景の解説や史的意味づけを詳細に試みているのと対照的な内容だが、稿末に「附記」として、当初はこの原稿を辞退したということも書かれている。おそらくは、そこに健康上の事情も含まれていたのだろう。

その阪正臣は、文部省が引用する明治天皇御製とは明らかに傾向を異にする歌を引いている。折しも、文部省が「国体観念涵養に関する訓令」を発し、学生・生徒らの思想善導へと動きを進めていたころだが、阪正臣はそのような動きとは別のところで「謹話」を執筆していた。以下は、三首の明治天皇御製に対する阪の解説である。

見花

たゝかひのにはに立つ身をいかにぞと思へば花もみるこゝちせず

（一九〇四年〔明治三十七年〕）

御仁慈の深さを拝し上ぐべき御製なり。歌としては「見花」と云ふ御題に「花も見るこゝちせず」とおほせられたるがめでたきなり。

春田

いくか経てかへしはつべき小山田にたてるをのこの数のすくなき

（一九〇五年〔明治三十八年〕）

物静かなる田園の春景を三十一文字にあらはし給へるなり。この年壮丁の多くの戦地に在りし事をもおぼしたまへるなるべし。

夏山水

年々におもひやれども山水を汲みてあそばむ夏なかりけり

（一九〇四年〔明治三十七年〕）

庭のおもにしみづの音はきこゆれどむすぶいとまもなき今年かな〔夏日対泉〕と同じく三十七年の御製なり。都に遠き山水はさらなり、軍国の御事しげく御内苑におりたゝせ給はむ御暇もおはせざりしなり。

〔阪正臣「明治天皇御製謹話」『短歌講座　第三巻　名歌鑑賞篇』所収、改造社、一九三二年〕

「歌としては」という評言に明らかなように、阪正臣は御歌所の寄人として、作品そのものの完成度も選歌の基準に加味している。

この三首はいずれも日露戦争期の作だが、五島美代子の言のとおり、これらは「自戒」の歌ととるべきだろう。一首目、戦場にたった壮丁たちを思うことは、その戦場へと送った自分の身のことを思うことでもある。二首目の「いくか」は「幾日」であり、幾日か経てすき返す山田に、従来であれば男手が多いのだが、非常時であるためにその労働が進まないことが歌材となっている。「この年壮丁の多くの戦地に在りし」事実が、ここでも反芻されている。

三首目については、物集高見『新註皇学叢書』第九巻[21]では「国事多端の際に於て一面繁激なる軍国の万機を御親裁あらせられながら、一面には斯く絢爛たる御優しき御心の華を自在に御開き遊ばされしことは、真に奇蹟的なる驚異とも申すべく」と解説しているが、戦場の壮丁たちにも「山水を汲みてあそばむ夏」はなく、同時に、身体的にも精神的にも「山水を汲みてあそばむ夏」がなかった自らとも向き合っている歌ととることもできる。この「謹話」が収載された『短歌講座 第三巻 名歌鑑賞篇[22]』の刊行は満洲事変勃発から三カ月を経たころであり、日本が十五年戦争という長い戦争の時代に突入した時期でもあった。

もう一人、第1節でも言及した千葉胤明は、『明治天皇御製謹話』の巻末を次のような挿話でまとめている。

日露戦争中の一九〇五年（明治三十八年）春は、日本が奉天会戦に勝利し、日本海海戦の動向に国民が大きな関心を寄せ、また、〈国民〉としての昂揚を見せていた時期だった。そのような折、明治天皇のこの歌が御歌所に届いた。

さまぐ\にもの思ひこしふたとせはあまたの年を経しこゝちする

日露戦争の「ふたとせ」＝二年が十年にも二十年にも感じられた、という歌意である。それまでの「御雄渾な御歌調とは余りにも懸け隔つて、いかにも御物淋しい御作を拝した」ことに千葉らは心を乱したという。ちょうどそのころ、明治天皇には、のちの死因につながる身体の異常の兆候も確認されていた。

たゝかひの為に力をつくしたるたみの心をやすめてしがな

これは一九〇七年（明治四十年）の作だが、千葉胤明はこの歌を引いて次のような結論を導いている。

『たゝかひの』の御製に拝されるやうに、三十七、八両年に亘る日露の戦役には、いかに御軫《しん》念《ねん》遊ばされたことでありませう。これはやがて四十五年の御大切と申すことの遠因にもなつたのかと思ひます。この戦役に於て、日本は幾万の生命、幾十億の戦費を抛《なげう》つて居りますが、この莫大な生命、巨額の戦費を以てしても贖ふことの出来ぬ陛下の聖壽を縮め奉つたことは、悲しいとも傷《いた》ましいとも、こゝに至つて言語に絶する次第であります。日本臣民たるものは、此の大事を深く心根に牢記し、現在の支那事変に対しては申す迄もなく、遠い将来のことにも十分思を致さなければならないのであります。

［千葉胤明編・注釈『明治天皇御製謹話』大日本雄弁会講談社、一九三八年］

「軫念」は憂い思う意味であり、「四十五年の御大切」とは、一九一二年（明治四十五年）の尿毒症による明治天皇の死去を指している。二年間の日露戦争での心身の労苦が天皇のいのちを縮めたのではないか、というくだりを、これが刊行された三八年（昭和十三年）の読者はどのように読み取ったのだろう。「日本臣民たるものは、此の大事を深く心根に牢記し」の部分は、支那事変下の今日、あるいは将来の戦争の拡大に対し、天皇の身体と心労を気遣うことこそが「臣民」の務めではないか、と暗に問うているようにも読み取れるだろう。もちろんこれを、天皇崇拝の文章と読み流すこともたやすいが、しかし、「幾万の生命、幾十億の戦費を抛《なげう》」ち、国家の家長たる人の心身をも疲労させる戦争というものに、疑義を呈じているようにも読み取れる。千葉胤明は、『国体の本義』などに規定された臣民像に基本的には同意しながらも、〈戦争〉時の天皇に奉仕する臣民像を、文部省や国のそれとは遠いところに求めていたのだった。

おわりに――ことある時ぞ

一九四〇年前後（昭和十年代）の明治天皇御製の扱いについて、もう一つ史料を提示しておきたい。三八年（昭和十三年）四月、明治神宮社務所から寄贈された「明治天皇御製」百首が、国民精神総動員中央連盟理事から枢密院に送られた。(23) その百首のなかで、「国」「国民」という語が詠み込まれているのは二十七首である。それが前出の『国体の本義』に引用された「おごそかにたもたざらめや神代よりうけつぎ来たるうらやすの国」「ほどくにこゝろをつくす国民のちからぞやがてわが力なる」などだが、残りの約七〇パーセントの和歌は、次のようなものであった。

われもまたさらにみがゝむ曇なき人の心をかゞみにはして
［明治天皇「鏡」一九〇八年（明治四十一年）］

天《あめ》をうらみ人をとがむることもあらじわがあやまちを思ひかへさば
［明治天皇「折にふれて」一九〇二年（明治四十二年）］

ここに挙げた二首もやはり自戒を込めた内容であり、明治天皇が自身に向かって道を説くような、内省的な表情が浮かび上がってくる。それは、『明治天皇御集』千六百八十七首を通読しても感じるところである。

＊

『国体の本義』『臣民の道』両書でともに引用された明治天皇の和歌は次の一首である。

しきしまの大和心のをゝしさはことある時ぞあらはれにける

〔『国体』九四ページ、『臣民』五二ページ〕

物集高見の『新註皇学叢書』第九巻には、「日露戦争にあたりて上下一致の国民の愛国心を愛でられ、頼もしく思召されて、御満足の御製と拝し奉る」という注釈があり、『国体の本義解説大成』でもほぼ同義のことが解説されている。

しかし、この一首と対となるような和歌も明治天皇は詠んでいた。

敷島のやまと心をみがけ人いま世の中に事はなくとも

〔一九一二年（明治四十五年）作「をりにふれたる」〕

有事ではなく、世の中に事がない折の心構えについての歌である。千葉胤明はこれを、「平常《へいじ》に於ける臣民の心掛について、千古《こ》の聖訓を御垂示《すゐし》遊ばされました」(24)と解説しているが、平時のこの一首は、一九四〇年前後（昭和十年代）の文部省の編纂物にも、前出の三八年（昭和十三年）に枢密院に送られた百首のなかにも含まれていなかった。

以上、一九四〇年前後（昭和十年代）の文部省と御歌所の所員らとの明治天皇御製の引用の仕方に温度差があったことをみてきたが、四〇年前後（昭和十年代）に取り上げられた和歌を話題としながら、昭和天皇自身の和歌にはふれることができなかった。これについては今後の課題としたい。

注

（1）アレクサンドル・ソクーロフ監督、ロシア・イタリア・フランス・スイス合作、二〇〇五年
（2）物集高見編『新註皇学叢書』第九巻、廣文庫刊行会、一九二八年
（3）阿毛久芳「帝王の歌・臣民の歌」、浅田徹／勝原晴希／鈴木健一／花部英雄／渡部泰明編『帝国の和歌』（「和歌をひらく」第五巻）所収、岩波書店、二〇〇六年
（4）明治天皇が登場する課数は約十九、続いて二宮金次郎の十八、上杉鷹山の十五である。滋賀大学附属図書館編『近代日本教科書のあゆみ――明治期から現代まで』サンライズ出版、二〇〇六年、参照。
（5）宮坂宥洪監修・解題『「修身」全資料集成』四季社、二〇〇〇年、など。
（6）「去る十八日の御歌始めは皇族華族かたも出られて旧御学問所にてお開きに成りお歌は」に続けての二首である。
（7）宮内省明治天皇御集臨時編纂部編『明治天皇御集』上・中・下、文部省、一九二二年
（8）『短歌講座　第十巻　特殊研究篇』上巻、改造社、一九三二年
（9）千葉胤明編・注釈『明治天皇御製謹話』大日本雄弁会講談社、一九三八年

(10) 戦後、一九六四年に刊行された『新輯明治天皇御集』(明治神宮)には九千首余が収録され、現在の定本となっている。

(11) 佐佐木信綱編『明治天皇御製集 昭憲皇太后御歌集』(「現代短歌全集」別巻)、改造社、一九二九年

(12) 千葉胤明の前掲書をはじめ、佐佐木信綱『明治天皇御集謹解』(第一書房、一九四一年)など。また、戦後のGHQ没収指定図書に、『明治天皇御集——類纂謹註』(武田祐吉編、明治書院、一九四三年)、『明治天皇御製読本 天之巻 忠君愛国篇』(聖書房編集部編、吉江石之助監修、聖書房、一九三二年)、『明治天皇御製読本 人之巻 御聖徳篇』(吉江石之助編・監修、聖書房、一九三三年)、『明治天皇の御製と御聖徳』(古谷義徳、目黒書店、一九三九年)、『明治天皇御製謹解』(石坂艶治謹註、明治書院、一九四〇年)、『明治天皇御製謹解国民訓』(高橋茂、教学書房、一九四二年)などがあった。文部省社会教育局編『連合国軍総司令部指令没収指定図書総目録——連合国軍総司令部覚書』今日の話題社、一九八二年、参照。なお、『国体の本義』と『臣民の道』もGHQ没収指定図書である。

(13) 「〝国体明徴〟の本 全国に配布 本年度中に三十万部を印刷 編纂委員任命さる」「大阪毎日新聞」一九三六年六月二日付

(14) 池田浩士「『国体の本義』を読む」『権力を笑う表現?——池田浩士虚構論集』社会評論社、一九九三年

(15) 一九二五年十二月以降に京都帝国大学などでの左翼学生運動に対しておこなわれた検挙。

(16) 孫田秀春/原房孝『国体の本義解説大成』大明堂、一九四〇年。文部省前教学官の孫田秀春と、東京高等師範学校教授の原房孝の共著であり、『国体の本義』一文一文を、その典拠や語義、参考史料を引きながら解説した六百五十ページ近い大著である。

（17）前掲「帝王の歌・臣民の歌」
（18）五島美代子『新輯明治天皇御集・昭憲皇太后御集について』明治神宮社務所、一九六八年
（19）『短歌講座 第三巻 名歌鑑賞篇』改造社、一九三二年
（20）千葉胤明編・注釈『明治天皇御製謹話』大日本雄弁会講談社、一九三八年
（21）前掲『新註皇学叢書』第九巻
（22）前掲『短歌講座 第三巻 名歌鑑賞篇』
（23）国立公文書館アジア歴史資料センター　Ref.A06050795700（一九三八年〔昭和十三年〕四月十九日、枢密院文書）。以下の二首の表記は本史料による。
（24）前掲『明治天皇御製謹話』

第2章　仕遂げて死なむ——金子文子と石川啄木

石川啄木、満二十六歳で没。まだ青年だった。

青年を語るには青年こそがふさわしい。たとえば、享年二十三(1)とされる金子文子《ふみこ》——もう一つの大逆事件といわれる「朴烈・金子文子事件」で、死刑判決を下された彼女こそが。

とはいえ文子は、彼女自身そして啄木が凝視した国家からは、〈青年〉とは認められていなかっただろう。なぜなら、幼少期は無戸籍の身であり、かつ、生涯を通じて女こどもの範疇にあったのだから。

戸籍がない、故郷喪失者としての金子文子

一九〇三年（明治三十六年）前後、啄木に遅れること十七年にして文子は誕生した。〈帝都〉に近い横浜での出生だった。獄中手記『何が私をかうさせたか(2)』（初版は一九三一年〔昭和六年〕）に詳し

いが、両親の事情で、文子は無戸籍のままに育った。学齢に達したとき、はじめて文子はそのことを知る――無籍者であるために、小学校に通うことができないのだ。のちに、「六才にして早人生のかなしみを知り覚えにし我なりしかな」と詠んだ歌を『獄窓に想ふ』(3)で目にすることができる。

近代国民国家として日本が掲げた二つの柱が、〈兵役〉と〈教育〉だったことを思い起こしたい。日本国民であるということは、徴兵検査を受けることができる、少なくとも初等教育を受けることができる人間であることを指す。けれども、女、こ、ど、も、である文子は兵役の義務からは遠く、さらに、無戸籍だったために義務教育からもあやうく引き離される立場にあった。啄木は精神的な故郷喪失者だったが、文子は、形而下・形而上いずれの意味でも故郷喪失者だったのだ。

利発な文子は、無戸籍でも通える教室にかろうじて席を得て、九歳のときにやっと戸籍も取得できた。その矢先、父方の親類に引き取られて朝鮮に渡ることになる。だが、朝鮮での祖母の執拗な虐待は、またも教育から文子を引き離そうとした。使用人のような境遇に置かれ、文房具さえ買い与えられなかったのである。

あかぎれの手をさすりながら何とか高等小学校を終えることはできたが、ふいに日本に帰されることになった。縁談のためである。文子は、そこであらためて自らの境遇を痛感せざるをえなかった。無給の使用人として、親類の家に引き取られたという事実を。

日本に戻り、意に染まない居候生活のなかで縁談も立ち消えとなった。

そこで、学びたい一心で家を飛び出し、東京で夜学に通いはじめたのが十七歳のころである。夕刊売りや粉石鹸の行商をし、睡魔に襲われながらも本に向かう。困窮と空腹のさまは、啄木よりもあるいは過酷だったかもしれない。

一九二三年（大正十二年）九月一日、関東大震災が起こり、〈帝都〉に戒厳令が敷かれた。混乱のなかで大杉栄と伊藤野枝は密殺され、文子と、三・一独立運動に関わって朝鮮から東京へ逃れていた朴烈も、世田谷警察署に検束された。〈保護〉という名目であった。

その前年から同棲を始めた二人のもとには、社会のあり方を問う朝鮮と日本の青年たちが集まり、不逞社が組織されていた。そのため訊問が始まり、文子と朴烈は皇太子暗殺を計画したとされ、刑法七十三条（大逆罪）と爆発物取締罰則違反で起訴される。一九二六年（大正十五年）三月、大審院は二人に死刑の判決を下した。

女こどもとしての、倒立の視線

金子文子が短歌を作りはじめたのは、そのほぼ晩年にあたる獄中でのことである。

「少し歌作の稽古でもしやふか知ら？　すまんがね、たしか新潮社版で『啄木選集』てのがある。探してなかつたら、一つ買つて下さるまいか。マニー私にある。用語や色彩に於て、あの人のが好きだ。真似るなら、あの人のを真似たい(4)」

不逞社同人の一人に獄中からこう書き送ったのは、一九二五年（大正十四年）六月中旬だった。『啄木選集(5)』は、『一握の砂』『悲しき玩具』からの抄出に、詩篇「呼子と口笛」と小説「我等の一団と彼」を加えた一冊である。差し入れを受けた文子は、作歌に熱情を傾けた。
　前述の『獄窓に想ふ』は、文子の死ののち、刑務所から宅下げされた歌稿をまとめたものである。しかし、一部は検閲によって墨で消されていたという。それら消されてしまった歌の内容こそ知ることができないのだが、残っている短歌からも、啄木を摂取し、それを文子自身の言葉に置き換えたとき、ある一つの視線が立ち現れたことが伝わる。両者が共通してもつ〈青年〉性とは異なる坂道をはってきた、若き一人の視点である。

　窓硝子外して写す帯のさま若き女囚の出廷の朝

免役や若き女囚が結ひ上げし
銀杏返しの
今日は乱れず

塩からきめざしあぶるよ
女看守のくらしもさして
楽にはあら（ママ）まじ

「出廷」の日は、ある意味、唯一自己主張ができる機会でもある。気を引き締めるように帯を締めるが、後ろ姿を映す鏡がない。「窓硝子」をはずしてそこに映し、身なりを整える若い女性の手指の動きがしのばれる。

二首目の「若き女囚」は、書簡によれば自身の姿ではないという。(6) 労役が免除された「免役」の日、数人の女囚が庭で日に当たり、草とたわむれている光景だろう。刑務所内での労働で、また、ときに暴力さえ伴う訊問で髪を乱すことがないひととき。本来は自分もかくあるべき美しい姿なのだが、文子はむしろ、「乱れ」る髪のほうを選び取ってきた。「若」さに対しても、文子は疎ましささえ感じていた。仲間うちで最年少ということもあったが、「店あらば一度に年を五ツ六ツ買入れんなど思ふをかしき」——もしも年齢を売る「店」があるならば、五つ六つ買い入れたい、という発想は独特である。「うつむきて股の下から人を見ぬ世の有さまの倒が見たくて」という歌もある。無戸籍者として、女こどもとして、常に倒立の視線をもたざるをえなかったことは文子の原点でもあるだろう。

三首目では、年長の「女看守」を観察している。その後ろ姿に、決して「楽」ではなかった実母、あるいは自身の来し方を重ねていたのかもしれない。

啄木がとらえた〈観客〉＝国民の姿

石川啄木も、ある独特な目で国家と女こどもをとらえた一人である。たとえば「ローマ字日記」

に、強い印象を残す記述がある。

〈帝都〉に生きることを決め、校正係として新聞社に勤めはじめたころのこと。何ものかを求めて、「みだらな声に満ちた、狭い、きたない町」浅草に、啄木は幾度となく足を運んだ。十六歳やら十八歳やらの少女が、すでに荒れた、ガサガサの冷たい皮膚をさらして男たちを迎え入れている。「ただ排泄作用の行なわれるばかり」の身体を横に、啄木は、少女らにも、そして何より自分に対してたまらないいら立ちをおぼえる――「ああ、男には最も残酷な仕方によって女を殺す権利がある！　何という恐ろしい、嫌なことだろう！」(7)。

この「男」を〈国家〉や〈社会〉に置き換えるなら、「女」はおのずと〈国民〉とも読み替えることができるだろう。

啄木の評論「所謂今度の事」にも、女性についての記述がある。大逆事件で処刑された管野スガとおぼしき女性が登場しているのだ。次の引用は、一九〇八年（明治四十一年）の赤旗事件に対する周囲の感触である。


帝都の中央に白昼不穏の文字を染めた紅色の旗を翻して、警吏の為に捕はれた者の中《うち》には、数名の年若き婦人も有つた。其婦人等――日本人の理想に従へば、穏しく、しとやかに、万《よろづ》に控へ目で有るべき筈の婦人等は、厳かなる法廷に立つに及んで、何の臆する所なく面《おもて》を揚げて、「我は無政府主義者なり。」と言つた。それを伝へ聞いた国民の多数は、目を丸くして驚いた。

大多数の国民の反応を、啄木は続けてより深いところでとらえている。

其驚きは、仔細に考へて見れば決して真の驚きでは無かつた。（略）舞台の上の人物が何の積りで、何の為にそんな事をするのかは少しも解することが出来ずに、唯其科《しぐさ》の荒々しく、自分等の習慣に戻つてゐるのを見て驚いたのである。

［石川啄木「所謂今度の事」(8)］

彼らの「驚き」が、決して事件の背景や本質を理解してのものではない、という評言である。おおかたの国民は、管野スガらの、「婦人」という概念を脅かす言動にだけ息をのんだのであった。だからこそすぐにも「驚き」を忘れ、「今度の事」云々、と世間話として消費し、おのおの日々の暮らしに帰っていく。赤旗事件も大逆事件も、そしておそらくはその後の朴烈・金子文子事件をも「今度の事」と言い過ごし、見過ごす〈観客〉＝国民の姿を、啄木は鋭くとらえていた。

「所謂今度の事」は、大逆事件直後の一九一〇年（明治四十三年）六月から七月に書かれたという。啄木は「朝日新聞」への掲載を依頼していたが、実現には至らなかった。これが初めて活字になったのは、はるか後の五七年のことで、「文学」十月号（岩波書店）に掲載された。もちろん、金子文子もこれを目にする機会は得られなかった。(9)

「非国民」の存在を知らしめるために

〈観客〉の側にいることもできず、無戸籍者として、国家に対峙するところから生を始めた文子は、独自の思考経緯を経て自らの意見をもつに至った。啄木の視線とはやや離れるが、引いてみたい。

「民衆のために」と言って社会主義は動乱を起すであろう。民衆は自分達のために起《た》ってくれた人々と共に起って生死を共にするだろう。そして社会に一つの変革が来ったとき、ああその時民衆は果して何を得るであろうか。

指導者は権力を握るであろう。その権力によって新しい世界の秩序を建てるであろう。そして民衆は再びその権力の奴隷とならなければならないのだ。

（略）既にこうなった社会を、万人の幸福となる社会に変革することは不可能だと考えた。

理想とすべき「社会」をもつことができないわが身――けれども、幼少からさまざまな労働を経てきた文子は、底辺から、また女こどもという非国民的立場からこそ起《た》ち上がり、訴えていくという「仕事」を見いだした。

たとい私達が社会に理想を持てないとしても、私達自身には私達自身の真の仕事というものがあり得る（略）私達はただこれが真の仕事だと思うことをすればよい。それが、そういう仕事をする事が、私達自身の真の生活である。

〔金子ふみ子『増補新装版 何が私をこうさせたか[10]』〕

そしてこう結ぶのだ――「私はそれをしたい。それをする事によって、私達の生活が今直ちに私達と一緒にある」と。

こころよく
我《われ》にはたらく仕事《しごと》あれ
それを仕遂《しと》げて死《し》なむと思《おも》ふ

〔石川啄木「一握の砂[11]」〕

文子が言っていることは、啄木の、まさにこの一首ではないか。この歌が、金子文子の琴線に触れたことは想像にかたくない。

現在では金子文子に対する訊問調書も公表[12]されているが、文子の「仕遂げ」たかった「仕事」とは、無戸籍者＝非国民や、参政権がない女こども、そして、強制的に国民化された植民地の人々の存在を、〈国民〉と称される無自覚な〈観客〉らに知らしめることだったのではないか。

金子文子と朴烈の二人は、死刑判決を受けたのち、恩赦によって無期懲役に減刑された。朝鮮総督の斎藤実らも動き、政治的配慮がなされたことは明白だろう。つまり、朴烈という朝鮮人に対する天皇の慈悲＝一視同仁の話題づくりに利用されたのである。

そのようにして、国家はたやすく個人の生き死にを決定する。次の一首を、文子は「啄木の忘られぬ歌の一つです。さやふ！(ママ)(13)」と書簡にしたためていた。

「さばかりの事《こと》に死《し》ぬるや」
「さばかりの事《こと》に生《い》くるや」
止《よ》せ止《よ》せ問答《もんだふ》

恩赦などは文子にとっては「さばかりの事」でしかなかったのかもしれない。

＊

一九二六年（大正十五年）七月二十三日、宇都宮刑務所栃木支所内で金子文子は縊死《いし》した――そう報道されている。だが、死亡時刻も死亡手段も、実のところ明確ではないという(14)。

けれども、若き金子文子は、〈保護〉の名のもとに何人もの身体を拘束し、〈恩赦〉の一言で刑死から緩慢な生へと覆す国家に対し、凛と顔を上げて抗った。啄木が「所謂今度の事」で描いた女性像よりも、その輪郭は、少なくとも現代の私たちにはくきやかに見えてくる。

注

(1) 鈴木裕子編『金子文子 わたしはわたし自身を生きる——手記・調書・歌・年譜』(〔「自由をつくる」第一巻〕、梨の木舎、二〇〇六年)の金子文子年譜では、「一九〇三年一月二五日」誕生とあるが、『増補新装版 何が私をこうさせたか——獄中手記』(金子ふみ子、春秋社、二〇〇五年)では、「一九〇四年」生まれ、また一九〇二、〇三年説もあるとされ、生年は厳密には記せない。それが、無戸籍で誕生した文子の存在の仕方を示す事実でもあるだろう。

(2) 金子ふみ子『何が私をかうさせたか——金子ふみ子獄中手記』春秋社、一九三一年

(3) 金子ふみ子『獄窓に想ふ——金子ふみ子全歌集』黒色戦線社、一九九〇年。短歌の表記は、すべてこの書による。前掲の『金子文子 わたしはわたし自身を生きる』にも短歌が抄録されているが、漢字の旧字体は新字体に改められている。

(4) 一九二五年(大正十四年)六月十六日発信、栗原一男あて書簡。「あの人」は啄木のこと。前出『獄窓に想ふ』九五ページ。かな遣いなどは出典による。

(5) 土岐哀果編『啄木選集』(〔代表的名作選集〕第三十一巻)、新潮社、一九一八年

(6) 山田昭次『金子文子——自己・天皇制国家・朝鮮人』影書房、一九九六年、三一三ページ

(7) 石川啄木「ローマ字日記 一九〇九年(明治四十二年)四月十日」『石川啄木全集』第六巻、筑摩書房、一九七八年、一三一——一三二ページ

（８）石川啄木「所謂今度の事」『石川啄木全集』第四巻、筑摩書房、一九八〇年、二七二―二七七ページ

（９）しかし、読む機会があればよかったという個人的な思いは強い。文子が影響を受けたドイツの思想家「スチルネル」（マックス・スティルナー）の名が登場するからだ。啄木は論末で、「スチルネル、プルウドン、クロポトキン」と三者の無政府主義者の名を挙げ、その相違を語っている。スチルネルの名を日本で初めて紹介したのは久津見蕨村《けっそん》『無政府主義』（平民書房、一九〇六年）だと言われていて、啄木はこれを熟読していた。

（10）前掲『増補新装版 何が私をこうさせたか』三二一―三二二ページ

（11）石川啄木「一握の砂」『石川啄木全集』第一巻、筑摩書房、一九七八年、九ページ。次の「さばかりの―」の歌は一〇ページ。

（12）前掲『金子文子 わたしはわたし自身を生きる』一七七―二四〇ページ

（13）前掲『獄窓に想ふ』

（14）前掲『金子文子』の「第十四章 金子文子の死」に詳述されている。

初出一覧

「非国民文学論」

「詩学」二〇〇三年六月号―〇四年五月号（詩学社）連載の「〈非〉国民文学論」（1）―（12）をもとに、大幅に加筆・修正した。


「明治天皇御製をめぐる一九四〇年前後（昭和十年代）」

日本近代文学会北海道支部編「日本近代文学会北海道支部会報」二〇〇七年五月号、日本近代文学会北海道支部。なお、初出時は「文部省『國體の本義』等と御歌所所員「明治天皇御製謹話」との対比」のサブタイトルを付した。


「仕遂げて死なむ――金子文子と石川啄木」

『石川啄木生誕一二〇年記念　図録』函館市文学館、二〇〇六年

あとがき

「詩作を覚えた私が　行為よ　どうしてお前に憧れないことがあらう」

伊東静雄の詩「帰郷者」（『わがひとに与ふる哀歌』所収、コギト発行所、一九三五年）の最後におかれた「反歌」の一節である。二〇一五年夏、安全保障関連法案の採決をめぐり、廃案を求めるデモに出立する人々の影を見送りながら、私はこの一節を繰り返しつぶやいていた。つぶやきながら、「行為」とは離れて、本書をとりまとめていた。

「行為よ　どうしてお前に憧れないことがあらう」――この反語的表現は、「まえがき」に掲げた「逆説的《パラドクシカル》な日本の近代成立過程と、その国民国家観を考察する試論である」という立ち位置からもれる、かすかな吐息とも通じている。

＊

第1部「非国民文学論」の原型は、雑誌「詩学」（詩学社）での一年間の連載評論であり、当時の編集長・寺西幹仁氏には、育てていただいたという思いが深い。東京で一度ご挨拶できたが、「詩学」は二〇〇七年九月号で廃刊になり、その後まもなく寺西氏の訃報があったという。私はかなり後でそのことを知り、言葉を失ってしまった。

本書所収の「非国民文学論」は、二〇〇七年に北海学園大学大学院文学研究科に提出した同タイトルの博士論文をもとにしている。論文主査の野坂幸弘先生、副査の小野寺静子先生には、研究室にうかがうつど、懇切なご指導と励ましのお言葉をたまわった。深謝の限りである。また、副査の大濱徹也先生からは史料についてのアドバイスもたまわった。大濱先生は、ご退職後も本書の刊行を気にかけてくださっていたが、二〇一九年に急逝され、謹呈することがかなわなかった。本当に残念でならない。ご冥福を心からお祈り申し上げる。もうお一方の副査・栗原豪彦先生にも用語などで細かなご指導をいただき、先生方には最後の最後まで面倒を見ていただいた。

そのご指導のつながりからも、本書は、大濱徹也先生のもとで修士論文を書かれた小林慧子氏の『ハンセン病者の軌跡』（同成社、二〇一一年）、『あるハンセン病キリスト者の生涯と祈り――北島青葉『神の国をめざして』が語る世界』（同成社、二〇一五年）とあわせてお読みいただけるとうれしい。小林氏は長く保健福祉のお仕事をされ、その知見もふまえて聞き書きをされたのだった。

大学院修士課程での恩師・菱川善夫先生（二〇〇七年に逝去）には、この拙稿はごらんいただけなかった。病床におられ、ご指導願うこともはばかられたからだが、いまとなっては悔やまれるところも少なくない。社会人として遅い修士課程を卒《お》えた私に、恩師の憂慮は尽きなかったのではないだろうか。

こうしてさまざまな面で先生方にお世話になり、今後は、少しずつでもご恩返しをしていきたいと願うばかりである。

第2部第1章「明治天皇御製をめぐる一九四〇年前後（昭和十年代）」には、菅聡子氏が著書『女が国家を裏切るとき――女学生、一葉、吉屋信子』（岩波書店、二〇一一年）のなかでふれてくださった。その折の感激は、いまも忘れがたい。礼状を書こうとした矢先、まさかの急逝の報――ご挨拶できなかったことが心残りである。

また、この拙稿には、松澤俊二氏の『「よむ」ことの近代――和歌・短歌の政治学』（〈越境する近代〉、青弓社、二〇一四年）でもふれていただいた。松澤氏は気鋭の歌人でもあり、率直にありがたく感じている。かつて私も、松澤氏のように「和歌・短歌の政治学」の考察を目指していた。けれどもその一方で、「政治学」の網、そして国家からとりこぼされてしまう人々をこそ見つめたいとも思っていた。

第2章「仕遂げて死なむ――金子文子と石川啄木」は、当時、函館市文学館に勤務されていた北村巖氏からの依頼原稿だった。北村氏とは資料／史料で共有するところが多く、〈同志〉としてお慕いしている。北村氏には『大逆罪』（中西出版、二〇一三年）、『金子喜一とその時代』（〈柏艪舎エルクシリーズ〉、柏艪舎、二〇〇七年）などの著書があるが、近年いただいた韓国慶尚北道（朴烈の郷里）にある金子文子の墓碑の写真――かつては土まんじゅうだったものが、現在では立派な墓碑となっている――は、私の宝物の一つでもある。

金子文子を知ったのは、雑誌「彷書月刊」（彷徨舎―弘隆社）の原稿依頼がきっかけだったが、管野スガとは異なる体熱で、金子文子はすぐにも私に浸透してきた。私の内にはなぜかいつも、リテラシーに恵まれなかった無戸籍の子どもたちや、一労働力としてしか扱われなかった農村の三男・四男ら〈あんにゃ〉たち、また、一七二ページでもふれた、そもそも戸籍から遠く離れて暮らしていた〈山窩〉たちが、〝棲んで〟いるのである。

＊

ハンセン病療養者の短歌に出合ったのは、明石海人よりも伊藤保のほうが先だっただろうか。本書にも引用しているが、亡き子をめぐる伊藤保の作品は、抒情詩としても、「アララギ」で培った作歌技術を見てもまさに秀歌であり、感銘を受けたのだ。以来、明石海人『海人全集』全三巻（皓星社、一九九三年）、『ハンセン病文学全集』全十巻（皓星社、二〇〇二―一〇年）、〈哲ちゃん〉と親しまれた桜井哲夫（本名・長峰利造）の詩集にものめり込むようになったが、これらの全集を編んだ編集者の熱い思いと尽力にこそ、深く魅かれていた。

また、近現代資料刊行会の佐藤健太氏には、ハンセン病研究の最先端と課題、研究史研究の重要さを教わった。この場を借りて心からの感謝を申し上げる。佐藤健太氏と谷岡聖史氏との共編『ハンセン病文学読書会のすすめ』（二〇一五年）を出版されたハンセン病文学読書会は、実に大切な会だと思う。伊藤保の短歌のように、私には、まず文学作品への感動が先にあり、ハンセン病療養者という境遇は後から知るものであった。文学作品として読み継ぐべき力があるからこそ、こういった「読書会」が現在も続けられているのだろう。本書では短歌しか引用していないが、今後ももっと読み深めたい作品が無数にある。

とはいえ、私は国立療養所がない北海道に生まれ育ったため、もしかすると当事者の方々の苦しみや悲しみを、まだまだ表層的にしかとらえていないのかもしれない、という不安は尽きない。北條民雄の実名が「七條《しちじょう》晃司《てるじ》」だったことが公表されたのは、つい近年、二〇一四年夏のことである。生誕百年を機に、ようやく親族から公表の了承が得られたのだ。それほど長く、親族からも遠ざけられていたという事実の重みも、常に忘れずにいたいと思う。

*

本書は、さまざまな事情が重なって出版に至るまでに数年もの月日がたってしまった。その間、いわゆる安保関連法が成立し、それをめぐって私の内部で少なからぬ変化が起こったことは確かである。そのような国で、なお生きつづけていくことを本書を通して宣言しなくてはならないような気持ちが湧いたのだ。

また、もう一つ出版の原動力になった事柄がある。ある公的機関の精神科医の講演で、こんな言葉を耳にしたのだ——通院やカウンセリングに訪れる人々は、「能力に偏りはあるが、真面目で、良きtax payer の力を秘めている」。質疑応答での言だったが、ああ、国家が求める国民とは「良きtax payer（納税者）」のことなのか、と本音を垣間見た心地だった。「良きtax payer（納税者）」だけが〈国民〉ではないことを伝えるためにも、拙い読み物であっても、本稿はやはり活字化しておこうと決意した次第である。

＊

本書の出版にあたり、お世話になった多くの方々のお名前を挙げなければならないが、紙数も尽き、この数行だけでお許しいただきたい。

高橋哲雄さま、尾澤孝さま、本当にお世話になりました。勤務先の教職員各位には、常日頃の感謝も込めまして。三浦綾子記念文学館を支えてくださっている方々にも深く感謝を申し上げます。

最後になりましたが、「詩学」での拙稿に目を留めてくださり、本書出版の労をとってくださった青弓社の矢野恵二氏に心からのお礼を申し上げます。

二〇二〇年一月

田中 綾

人名索引

［著者略歴］
田中 綾（たなか あや）
1970年、北海道生まれ
北海道大学文学部卒業、北海学園大学大学院文学研究科修了。博士（文学）
北海学園大学人文学部教授、三浦綾子記念文学館館長
専攻は日本近現代文学
著書に『書棚から歌を』（深夜叢書社）、『権力と抒情詩』（ながらみ書房）、共著に『はじめての人文学――文化を学ぶ、世界と繋がる』（知泉書館）、『〈殺し〉の短歌史』（水声社）、『現代にとって短歌とは何か』（岩波書店）ほか

非国民文学論《ひこくみんぶんがくろん》

発行――――2020年2月21日　第1刷
定価――――2400円＋税
著者――――田中 綾
発行者―――矢野恵二
発行所―――株式会社青弓社
〒162-0801 東京都新宿区山吹町337
電話 03-3268-0381（代）
http://www.seikyusha.co.jp
印刷所―――三松堂
製本所―――三松堂

ISBN978-4-7872-9252-0　C0095